Ce qu'on devient

DE LA MÊME AUTRICE

Respire, Fayard, 2001, 2014 ; Le Livre de Poche, 2002.
Le Carnaval des monstres, Fayard, 2005.
Notre vie antérieure, Fayard, 2014.
Que rien ne tremble, Fayard, 2021.

Anne-Sophie Brasme

Ce qu'on devient

roman

Flammarion

ISBN : 978-2-08-042766-3

Entre mes seize et mes dix-huit ans, juste avant la parution du *Premier Roman*, j'ai tenu un cahier.

Ce n'était pas vraiment un journal ni un cahier d'histoires comme ceux que je remplissais depuis le primaire. Cela ressemblait plutôt à une collection. Une superposition hétéroclite de fragments - citations, photos, collages, réflexions diverses – qui, mis bout à bout, constitue désormais une sorte de portrait cubiste de mon adolescence.

Pendant près de deux ans – mes années de première et terminale – j'y ai consigné :

— Des vers de Jim Harrison.

— Des cadavres exquis et autres expérimentations surréalistes, griffonnés avec Anouck pendant nos cours.

— Des dessins des avant-bras de Tom Gavanel.

— Des tickets de cinéma : *Requiem for A Dream*, *Matrix*, *American Pie*.

— Des coupures de magazines, essentiellement de pubs pour parfums que je trouvais sublimes.

— Un mégot de cigarette fumée par Tom Gavanel.

— Des dizaines de citations.

— Des photos : Léa devant le billard du O'Carolan's Harp. Anouck, dos nu, devant son piano. Jamais moi.

— Deux ou trois projets de roman inaboutis.

— Des dessins du corps nu (supposé) de Tom Gavanel.

Mais avant tout cela, collée sur le revers cartonné de la couverture, une enveloppe blanche toute simple, avec écrit à l'encre turquoise :

Ne pas ouvrir avant 2020.

Metz, 26 août 2000

À celle que je suis devenue,
À celle que je serai,

Si jamais tu retrouves par hasard cette lettre, merci d'être sympa avec moi. De ne pas trop juger l'ado qui t'écrit en ce moment même, et que tu avais peut-être oubliée depuis longtemps.

Je te vois déjà lever les yeux au ciel : « Une lettre à mon moi du futur, mais quel cliché ! »

Pardonne-moi. J'ai seize ans. À moi seule je suis un cliché. Je ne sais rien encore. Toi si. Les années entre nous t'ont sans doute débarrassée de mon ignorance et de mes maladresses. De mon acné aussi, j'espère. J'imagine que tu as fait des études ; que tu as passé des heures à lire des bouquins qui me sont pour l'instant parfaitement inaccessibles. J'imagine que la vie, aussi, t'a appris. Tu as dû voyager, déménager, parfois même galérer. Ta géographie est peuplée de territoires qui me sont encore inconnus, d'appartements, de rues, de cafés et de couloirs de métro, d'odeurs et de bruits dont le souvenir te rend déjà nostalgique – mais que moi, je ne connais pas encore. J'imagine que ton parcours est rempli de rencontres, de coups de foudre et de blessures ; que tu as ri, flirté, fait l'amour ; que tu as été séduite, oubliée, mais je l'espère surtout, follement aimée. À l'heure où je t'écris, quelque part dans le monde, ces personnes-là existent ; leur cœur bat déjà et elles dorment tranquillement, sans savoir que nos destins vont se croiser et qu'elles vont bousculer ma vie.

Vingt ans nous séparent toi et moi, et pourtant ces êtres et ces lieux vivent déjà par eux-mêmes. Ils sont là, silencieux. Ils m'attendent, et c'est un vertige pour moi de me dire que je suis ici : à la lisière de tout ce monde.

À toi que j'ai été, à toi que je serai, je voudrais te rappeler ce matin d'août où je t'écris. Il n'est même pas six heures, j'entends papa et maman qui chuchotent dans la cuisine sans savoir que je suis déjà réveillée. Ce matin, tout est suspendu, et le vertige s'enroule dans mon ventre. Dans une semaine, je rentre en première, mais ce n'est pas ça qui m'étourdit. Ce qui m'étourdit, c'est l'idée que dans quelques heures, nous serons arrivés à Paris ; que nous nous retrouverons tous les trois dans le bureau de l'éditeur qui nous a appelés il y a deux semaines ; et qu'avant la fin de la journée, j'aurai peut-être basculé de l'autre côté de ma vie.

Maman me dit de garder la tête froide ; qu'on verra bien si c'est sérieux ; que pour l'instant, je dois me concentrer sur le lycée. Papa, lui, c'est tout le contraire. Il rêve déjà d'articles, de dédicaces et de prix littéraires, et s'imagine à la rentrée, fanfaronnant devant ses collègues : « Ma fille publie son premier roman ! »

Et entre eux deux, je reste là, flottante.

Parfois mon cœur s'emballe de ce rêve qui s'exauce, je voudrais le crier sur tous les toits, vous vous rendez compte, vous vous rendez compte ? Moi l'invisible, je vais devenir « quelqu'un ».

Et aussitôt, je le contiens, comme pour l'empêcher de battre trop fort. Redescends sur terre, ma vieille. Invisible tu étais, invisible tu resteras.

Mais toi qui me lis, tu sais déjà ce qui m'attend.

Ce serait trop beau, bien sûr, si tu pouvais me dévoiler la fin. Me raconter ta vie d'écrivaine accomplie. Tes journées rythmées par l'écriture et la vie, parfaitement équilibrées : d'un côté les manuscrits, les lectures, les longues heures de solitude – et de l'autre les enfants qui jouent, le mari aimant, les amis qui viennent dîner. Ce serait trop beau, si tu pouvais me montrer le visage de celui qui m'aimera. Si tu pouvais me dire ce qu'Anouck et Léa, elles aussi, sont devenues.

Mais peut-être – et c'est ce que je pressens déjà – que rien ne s'est passé comme je l'avais rêvé. L'ironie de cette lettre, je la connais, bien entendu : tu ne me révéleras rien. Tu resteras muette jusqu'à ce que je découvre l'histoire par moi-même.

Alors je vais rester là encore un peu, à la lisière, le vertige au creux du ventre. Dans quelques minutes, papa ouvrira la porte de ma chambre pour me dire que c'est l'heure de se préparer pour partir à la gare.

Et c'est là que l'histoire commencera.

Signé :
Sophie B, 16 ans.

Janvier 2022

À toi que j'ai été,

Je ne t'ai pas oubliée.

C'est drôle comme, à seize ans, on imagine l'adulte qu'on sera. Un parfait inconnu, devant lequel on baisserait presque les yeux. Comme si les années à venir allaient former entre nous une barrière hermétique et opaque.

La vérité, c'est que je ne suis qu'un prolongement. Une suite de toi, un peu bancale, un peu froissée.

Je n'ai pas attendu 2020 pour ouvrir ta lettre. Quelques années plus tôt, la maison de nos parents a été vendue, et j'ai retrouvé mes vieux cahiers dans une caisse en plastique. Mon père avait tout rangé à mon départ, fier de conserver un tel trésor. Et de trésor, c'en était un, en effet : vestiges des strates qui avaient une à une sédimenté mon enfance, poèmes soigneusement rimés, contes illustrés retraçant mes lubies successives pour les princesses, les chevaux et les Aztèques, tentatives de romans américains sous forme de road-trip, scénarios de films apocalyptiques, BD et autres projets plus ou moins heureux.

Et puis, ce cahier, comme une archive, tenu à la fin de notre adolescence.

C'est mon dernier cahier. Quand le *Premier Roman* est sorti, je n'y ai plus retouché. Après cela, l'écriture, c'est devenu du sérieux. Une affaire d'adulte. Tu avais raison quand tu as écrit cette lettre : l'histoire ne faisait que commencer. Tu étais à ses bords, devinant déjà ce qui allait te bousculer et t'emporter loin.

J'ai tardé à te répondre, par paresse ou par lâcheté – mais certainement pas par oubli. Je pense à toi, tous les jours. Parfois c'est comme si tu étais sous mes yeux. Ce n'est pas très difficile. Parmi la centaine de lycéens et lycéennes qui défilent devant moi, il y en a toujours une qui te ressemble. Celle qu'on ne voit pas tout de suite. Celle qui travaille bien mais qui ne lève jamais la main. Celle qui finit par venir me voir et par m'avouer qu'elle rêverait d'écrire des livres.

Tu vois, je suis devenue prof. Comme papa. Prof de français dans un lycée de l'Est mosellan. Je t'imagine déjà plisser les yeux : « Prof, c'est tout ? » – et finalement, tu vois, c'est moi soudain qui crains que tu ne me juges.

Je te rassure : je ne suis pas aigrie. Pas encore en tout cas. L'usure me guette parfois, mais je reste solide et enthousiaste. Je les aime bien, mes élèves. J'aime les promesses qu'ils portent en eux. J'aime les laisser aux portes de leur vie d'adulte, pour mieux découvrir plus tard ce qu'ils sont devenus. Comme des personnages qu'on retrouve au détour d'une histoire.

Pourtant, il faut bien que je l'avoue : ce choix d'être enseignante, une partie de moi l'a fait par confort et sécurité. Parce que c'était un territoire connu, banalisé. Parce que je pouvais m'y réfugier, loin des flagorneries et des couteaux tirés du milieu littéraire. Parce que c'était un métier à ma hauteur. Tu ne le sais pas encore, au moment où tu t'apprêtes à prendre le train pour Paris avec tes parents, et à franchir pour la première fois le seuil d'une maison d'édition – mais très vite tu la sentiras : cette impression d'être dans un monde trop grand pour toi ; un monde dont tu n'as pas les codes. À seize ans, me diras-tu, quoi de plus normal ? Sauf que – désolée de te l'apprendre – rien ne changera vraiment.

Il est coriace, ce sentiment de ne pas être légitime. De déranger. Ça porte même un nom aujourd'hui : le « syndrome de l'imposteur ». Une sorte d'humilité maladive. L'angoisse de ne pas mériter son succès, d'être de trop. Incompétente.

L'imposture me colle à la peau. C'est à elle que je dois mes timides avancées dans l'écriture, malgré un début tonitruant. À elle que je dois mes relations toxiques, mon idolâtrie pour des êtres que je croyais supérieurs. Cette imposture, c'est cette voix encore qui me murmure en ce moment même : « Mais pour qui tu te prends ? Qui es-tu pour raconter ta vie ? » Même à trente-huit ans, je ne peux m'empêcher de lui donner raison.

Tu me rêvais pleine d'assurance et de certitudes. Finalement, tu vois à quel point je te ressemble. Malgré tout ce qui nous sépare, tu continues de vivre encore, toi, l'adolescente naïve et pas très jolie, ébahie de t'entendre dire que tu avais du talent.

C'est peut-être pour cela que je te réponds. Te retrouver, pour mieux pardonner mes maladresses et mes lâchetés.

Te retrouver, aussi, pour te quitter. Et grandir, enfin.

CE QU'ON DEVIENT

À toi que j'ai été, j'aimerais te raconter ce qui t'attend. Les lieux que tu habiteras et qui m'habitent encore – l'appartement d'Éliane rue Joseph-Bara, le trois pièces à Metz rue Taison, et puis la petite maison aux volets bleus devant le champ de colza. J'aimerais te raconter les coups de foudre, les ruptures et les amitiés furieuses, tous les hommes qui te séduiront, te piétineront, et parfois, aussi, t'aimeront follement. J'aimerais te dire le visage de tes filles, la courbure de leur nez, leur cuir chevelu qui sent la clémentine, leur cœur qui frémit comme une petite bête quand elles se loveront contre toi. J'aimerais te dire, mais c'est comme un tourbillon, Tom Gavanel, Paris, Rose, l'agrég de lettres, la salle 240 du lycée Chagall, la rencontre avec Romain, les attentats, les naissances de tes filles, le Covid, le burn-out, la guérison.

J'aimerais te dire, mais pardonne-moi d'avance si ce n'est pas ce que tu attendais.

La célébrité, tu la toucheras du doigt, mais elle sera bien fugace.

Tu auras des enfants, un mari aimant, mais cela ne suffira pas toujours à faire de toi une femme accomplie.

Pendant des années, tu perdras la trace de Léa.

Quant à Anouck, elle t'oubliera.

Mais de tout cela, tu finiras par te relever.

À toi que j'ai été – même si je connais moi aussi l'ironie de cette réponse, puisque tu ne la liras jamais – je te dois bien cela. La suite de l'histoire.

Alors, la voilà.

Première partie

Ce qui s'achève

1999 - 2001

« En fait, si j'avais été beau,
je ne serais jamais devenu écrivain. »

Amélie NOTHOMB, *Hygiène de l'assassin*

1.

Le jour se lève. Anouck et toi vous êtes emmitouflées sous une couverture dans la véranda des parents de Léa. Vos têtes résonnent encore des pulsations de la nuit passée. Vous avez trop bu, trop fumé, trop veillé. Vous pourriez, comme les autres invités, vous décider enfin à rejoindre l'un des couchages improvisés dans les chambres ou le salon. Mais vous résistez. Quelque chose vous retient encore là, dans la pâleur de l'aube – comme pour repousser la nuit jusqu'à sa dernière limite.

Vingt ans après, c'est cette image que je retiens. Celle peut-être où tout commence.

On est au début du mois de juillet 2001. L'année de première L est derrière vous. Les notes du bac de français sont tombées le jour même : pour toi 14 à l'oral et 16 à l'écrit ; 20 partout pour Anouck. Vous l'avez bien méritée, cette teuf. Votre première vraie teuf d'adolescence. Les Colleoni sont partis pour le week-end, la maison est à vous. Léa a fait venir la moitié du lycée, et bien sûr toute la bande du

Carolan's. Tom parmi eux, et tu le savais. Pour l'occasion, tu as essayé de te faire jolie. Tu portes un jean taille basse évasé en bas et un tee-shirt rouge moulant sur lequel une ligne pailletée se croise en forme de cœur. Tu as maquillé tes yeux de khôl noir et de poudre argentée. Tu as dissimulé autant que possible les blessures d'acné de ton visage sous une couche de fond de teint. Mais sans surprise, ce n'est pas toi qu'il a regardée.

Tu espérais au fond que ce soir quelque chose changerait quand tu annoncerais la nouvelle, enfin, après dix mois de secret bien gardé (seules Léa et Anouck étaient au courant) : la publication de ton roman à la rentrée prochaine. Il y a eu, bien sûr, quelques réactions théâtrales, « Non c'est pas vrai tu délires », des bravos, des bises de félicitations. Les sourcils de Tom se sont même haussés d'étonnement, il a dit quelque chose comme « Ah ouais, trop classe ! » – et puis c'est retombé. Après tout, chacun ici a déjà quelque chose à fêter : un exam, une mention, l'été qui ouvre ses promesses. Et ton succès se noie au milieu de ceux des autres.

Tu passes les premières heures de la soirée en retrait. Anouck est partie de son côté pour parler projets d'orientation avec un groupe de terminales. Tu restes assise sur un pouf du salon de jardin, au milieu des odeurs de barbecue, avec ton assiette en carton sur les genoux. Tu regardes Tom regarder Léa. Ça fait un petit moment déjà qu'il lui tourne autour. Tu sais que par loyauté pour toi, elle ne cédera pas, mais ça te tord quand même à l'intérieur. Tu te dis que ça ne durera qu'un temps. Qu'un jour ou l'autre, leur attirance sera plus forte que ses égards. Et plus tu les imagines tous les deux, plus ça te saute aux yeux : la parfaite adéquation de leur beauté. L'évidence avec laquelle leurs corps pourraient se rencontrer.

Léa, c'est ton amie de toujours. Ta sœur. Pas une année depuis la petite école sans que vous soyez assises l'une à côté de l'autre, ton carré brun à côté de sa queue-de-cheval châtain clair. Et pourtant parfois c'est comme si ça te crevait, cette injustice. Elle est belle et toi non. Lumineuse et toi non. Tout en elle est lisse, facile. On l'aime d'emblée, Léa, et cette évidence te vrille. Même vingt plus tard, quand je t'écris, alors que tout s'est aplani, que mes complexes me laissent enfin un peu en paix, je me souviens encore de cette rage. D'une violence que ne peut atténuer la moindre excuse de lubie adolescente.

Ce soir, donc, tu regardes Tom regarder Léa. Pourtant, tu le sais, qu'il se lassera vite d'elle. Que tu as tellement plus de choses à partager avec lui. Tu l'as su tout de suite, dès que tu l'as rencontré un jour d'hiver au Carolan's, alors qu'il tenait un appareil photo argentique entre ses mains et que ses potes le chambraient en l'appelant « l'artiste ». Tu t'es souvent dit que, s'il découvrait un jour ta sensibilité, s'il découvrait vraiment qui tu es, quelque chose pourrait se produire. Parfois même tu y as cru – t'imaginant que son indifférence faisait partie de son plan, qu'il t'ignorait pour mieux te rendre dingue et qu'un jour, enfin, il te ferait la grâce de t'aimer au grand jour.

Mais cette fois, tu n'y crois plus. C'est fini. À la rentrée, Tom sera parti à Nancy pour faire les Beaux-Arts, et le peu que tu représentes pour lui sera complètement réduit à néant.

De dépit, tu t'enfiles tes premiers shots de tequila. Au début, la sensation t'est électrique, presque douloureuse. C'est salé, acide, ça brûle la langue et la gorge – et soudain tu te réveilles. Toi l'austère, l'invisible, te voilà ivre pour de vrai. La première fois de ta vie. Tu te laisses glisser sur cette pente exquise. Tu ondoies. Tu t'étonnes de cette réalité soudain mouvante, sur laquelle plus rien n'a de prise. Tu oublies que tu es laide. Tu oublies que tu es faible. Pour peu tu te sentirais presque forte, prête à tout risquer. Ce soir, tu n'as plus rien à perdre.

Comment te retrouves-tu face à Tom dans la salle de bains à deux heures du mat ? Je n'en ai plus aucune idée aujourd'hui, mais je te revois là, assise sur le rebord de la baignoire en faïence bleu nuit, rencognée et misérable. Lui est debout, adossé au lavabo. Tu n'oses pas lever tes yeux vers lui, tu vois juste ses jambes croisées, ses jambes un peu velues et déjà hâlées entre les Vans et le bermuda en jean délavé. Tu vois le haut de ses mains plongées dans ses poches, ses avant-bras, et tu te souviens que c'est la première chose que tu as remarquée de lui quand tu l'as rencontré au Carolan's il y a sept mois. La peau nue sous les manches retroussées. Ce n'est peut-être d'ailleurs rien que pour ça que tu l'as aimé, stupide que tu es. Pour ses avant-bras. Peut-être rien que pour eux que tu t'abaisses aujourd'hui, à quémander un dernier signe d'attention.

Jamais tu n'as été si proche de lui qu'en cet instant. Un tête-à-tête avec Tom Gavanel, tu te dis que ça vaut bien ça : quelques minutes de honte et un cœur arraché comme un pansement qu'on a trop longtemps gardé. J'ai depuis longtemps oublié tes mots. Quelque chose qui devait ressembler à : « Il faut que je te dise. Ça fait plus d'un an que. » Ses mots à lui aussi je les ai perdus. « Désolé mais je ne. Vraiment, je ne sais pas quoi. »

Les mots je les ai oubliés, mais pas le poids du silence qui a suivi, les bruits de la fête tambourinant derrière la porte, et son impatience presque palpable à te laisser là, à rejoindre les autres, à profiter encore de la nuit. Oui, je me souviens très bien de ces secondes en suspension, son embarras poli face à la petite chose ramassée que tu étais. Alors je ne sais pas ce qui s'est passé, d'où tu as sorti le cran au fond de toi, mais à la seconde même où il a touché la poignée de la porte, tu t'es levée, tu t'es mise face à lui, et tu as posé ta main tremblante entre ses jambes.

« Je peux ? »

Il se tortille, émet un petit rire gêné. C'est la première fois que tu fais cela, tu n'as qu'une vague idée de ce qu'il faut faire, une vague idée même de ce à quoi ça ressemble à l'intérieur – mais quelques secondes à peine suffisent pour que tu sentes un durcissement sous l'épaisseur du jean. Alors tu continues. Tu ouvres les boutons. Passes ta main sous l'élastique du caleçon. Tâtes une surface douce mais néanmoins solide, dont l'anatomie t'est étrangère. Tu y es. Tu n'oses pas regarder Tom. Encore moins l'embrasser. Tu as enfoui ton nez entre le cou et le sternum, pour te cacher mais aussi pour respirer son odeur de garçon, juste là, salée, piquante, comme la tequila, et que tu te retiens de goûter parce que tu sais que cet espace te reste malgré tout interdit. Tu te concentres sur la mécanique de ta main. Tu te sens malhabile, imprécise, mais le gonflement de la chose entre tes doigts et le souffle de Tom te laissent croire que ça fonctionne. Tu ne sais pas vraiment si c'est un don que tu lui fais, ou si c'est l'inverse, un privilège qu'il t'accorde. Dans ta tête tu te dis « je suis en train de branler Tom », ébahie de ta propre audace, ta main posée sur son sexe. Je suis en train de branler Tom, tu te répètes ces mots, et ça te paraît incroyablement beau, puissant, merveilleux – et en même temps, il faut bien le dire, inintéressant. Au bout d'un temps qui te paraît interminable – toi qui croyais, selon les frères d'Anouck, que ça ne prenait pas plus de quelques secondes – quelque chose s'accélère enfin, tressaille, ralentit et trempe ta main engourdie.

C'est fini.

Tom te tend du papier toilette. Tu t'essuies la main, il s'essuie le gland. Tu aperçois furtivement l'organe rose, légèrement boursouflé, que tu viens de manipuler. Tu ne sais pas si tu dois te sentir puissante ou misérable. Si tu as honte pour lui, ou pour toi.

Il tourne sa tête vers toi. Il te sourit gentiment. Il te dit : « Bon ben… merci. » Puis il s'en va.

Tu restes là quelques minutes encore. Tu te sens idiote. Vaguement dégueulasse. Des mois d'idolâtrie, de passion pieuse – et voilà qu'une branlette de cinq minutes vient de tout souffler.

Tu renifles tes larmes. Tu décides de rentrer. Tu as vécu tout ce que tu avais à vivre ce soir. Ta maison est à deux ou trois kilomètres ; tu marcheras dans la nuit, tant pis pour les risques encourus, les voitures louches qui pourraient s'arrêter, tant pis si tu disparais – au moins Tom se souviendra vraiment de toi, la fille qui l'a branlé dans la salle de bains et puis dont on a perdu la trace. Mais alors que tu descends les escaliers, tête baissée comme une voleuse, tu croises soudain Anouck – et comme toujours lorsque tu la vois, quelque chose en toi bondit.

Même en cet instant, une joie.

Nul besoin de te jeter dans ses bras avec pathos. Elle voit ta tronche et elle comprend. « OK, viens par là. » Elle te prend la main, vous vous faufilez dans l'agglomérat de corps et de têtes qui remplissent le salon, et vous allez vous réfugier dans la véranda qui donne sur le jardin des Colleoni. Vous vous affalez sur la causeuse en rotin où somnole un chat poussiéreux. Le tumulte de la fête est loin de vous, comme en sourdine. Vous allumez une cigarette dans la pénombre, et le temps de la fumer, lentement, ta tête sur ses genoux, tu sens déjà que tu reviens à toi.

Anouck, c'est comme ta maison. Avec elle, tu es pleinement *toi*. Pas de rivalité autour des garçons. Pas de rappel ténu de ton infériorité. Juste l'évidence de vos folies, de vos frissons, de vos cœurs qui pulsent ensemble.

— J'ai branlé Tom Gavanel. Juste après lui avoir déclaré ma flamme et m'être pris le râteau du siècle. Il m'a dit merci et ensuite il est parti. Bref, je suis une merde.

— Eh non mais attends, c'est génial ! lance Anouck dans un éclat de rire. Te voilà enfin libérée de ce type ! Tu devrais te réjouir. Parce que maintenant, tu vas pouvoir te consacrer à la seule personne qui compte vraiment : toi-même.

Incroyable Anouck.

Souvent tu t'es demandé comment elle pouvait vivre sans jamais tomber amoureuse, sans même désirer qui que ce soit. Elle te l'a toujours dit : « Ça ne m'intéresse pas. C'est comme un désert, là. » À dix-sept ans, alors que ton corps et ta tête sont sans arrêt boursouflés par l'idée du sexe, alors que tu n'envisages pas ta vie sans une moitié qui te compléterait parfaitement, tu as du mal à croire à un tel détachement. Tu soupçonnes Anouck d'être trop fermée, trop pudique ou, pire, de faire un « blocage ». Tu la plains de ne pas connaître cette torsion intérieure. Tu espères qu'un jour, à son tour, elle s'ouvrira enfin

– persuadée que le bonheur ne peut être atteint que dans l'amour et la jouissance.

Mais quand je repense à ces mots ce soir-là, c'est leur lucidité qui maintenant me frappe. Anouck te rappelle ta liberté. Débarrassée de Tom, tu as un autre territoire à conquérir. Mais toi, il te faudra des années pour le comprendre.

— Tu sais quoi ? Moi aussi, elle m'emmerde cette soirée, souffle Anouck.

Et elle te raconte son ennui devant des prétendus élèves brillants qui viennent de décrocher leur bac et font les fiers parce qu'ils sont pris l'an prochain à la prépa du lycée.

— Ils se la racontent. Mais tout ce qui sort de leur bouche est d'une vacuité sans nom.

Le conformisme, voilà ce qu'Anouck déteste pardessus tout. Ce soir, elle arbore fièrement un teeshirt blanc sur lequel elle a écrit au marqueur noir : *L'essentiel est sans cesse menacé par l'insignifiant.* Elle en a plusieurs des comme ça, avec des citations de René Char qui laissent perplexes la plupart de nos camarades. C'est elle qui t'a fait découvrir sa poésie. Elle aussi qui t'a initiée aux concertos de Rachmaninov, à la beauté de Jim Harrison et aux imitations de Chewbacca. Elle qui t'a fait vivre ta première nuit blanche, à vous regarder tous les films de Kusturica jusqu'à vous faire comprendre le serbe. Elle qui t'a fait vibrer, mûrir et te sentir vivante pour la première fois depuis l'enfance.

Cette soirée, vous la passez finalement toutes les deux, loin des autres ; loin de ces voix gutturales qui résonnent par-dessus la musique d'Avril Lavigne et de Sum 41 ; loin de Tom et de ce monde qui bat sans vous.

Vous le saviez déjà au fond de vous, mais ce soir, pour la première fois, vous vous le formulez : plus qu'une année à tirer ici, et ensuite vous partirez. Vous méritez mille fois mieux que ça. Mille fois mieux qu'une passion sans retour. Mille fois mieux qu'une petite prépa dans un lycée de province. Vous avez traversé votre adolescence en espérant qu'on vous regarde, qu'on vous aime et qu'on vous sauve. Vous étiez les filles à part. Les thons. Les cabossées. Mais bientôt la vie vous attend. Toi avec ton roman bientôt publié ; elle avec ses résultats qui l'amèneront à faire de brillantes études. C'est décidé : après le bac, l'an prochain, vous quitterez Metz et vous irez à Paris. Là-bas, vous rencontrerez des gens comme vous. Des gens qui frissonnent en écoutant un opéra. Des gens qui ont mal au ventre en lisant des poèmes. Des gens qui pensent, qui voient au-delà, des gens qui s'accomplissent. C'est avec eux que vous serez à votre place. Là où l'on saura reconnaître votre valeur.

Vous vous en faites la promesse ce soir-là : le meilleur est à venir. Votre vie sera lumineuse. Elle battra plus fort que celle des autres. Elle vous vengera.

Tu ne le sais pas encore, au moment où la nuit blanchit derrière les vitres de la véranda et qu'Anouck et toi vous persuadez, du haut de vos dix-sept ans, d'entrevoir parfaitement le sens de votre existence – tu ne le sais pas encore, mais c'était cela, précisément, le meilleur.

Rien de ce qui suivra – le poids de ton livre tenu pour la première fois entre tes mains ; les dédicaces, les interviews, les nuits d'hôtel ; tous tes rêves exaucés trop facilement, pendant qu'Anouck et Léa resteront là, loin de toi et de ce qui t'emporte – rien n'aura la saveur de cette promesse.

Tu ne le sais pas encore. Tu crois que tout commence ici. Mais c'est là, déjà, que tout s'achève.

2.

Au moment où tu m'écris ta lettre, en août 2000, tu viens de passer à côté d'Anouck l'année la plus exaltante de ta vie. Libre parce que, pour la première fois depuis longtemps, tu existes hors de l'ombre de Léa. Libre aussi parce que tu ne connais pas encore Tom Gavanel et qu'il te reste encore quelques mois avant de te rencogner à nouveau.

Je me souviens de ta rencontre avec Anouck. C'était un an avant ta lettre, à la rentrée de seconde.

Tu as quinze ans. Tu viens de sortir d'un long tunnel appelé collège. Ton année de cinquième reste encore gravée dans ta chair. En 1997, on ne parlait pas encore de « harcèlement » ; on disait « histoire de gosses ». Je me souviens. L'étiquette qu'on t'avait collée du jour au lendemain, parce qu'on avait jugé que *tu te la pétais trop*. Qu'avais-tu pu dire pour les énerver à ce point ? Par quel malentendu avaient-ils pu croire que tu avais trop confiance en toi ? Face à leur tribunal, ta prétendue arrogance n'avait pas fait long feu. « Tais-toi t'es conne on t'écoute pas. » Tous les matins, devant les grilles, leurs mots pour faire taire les tiens. Les applaudissements le jour où tu t'étais vautrée au milieu du gymnase. Ce type de quatrième qui, en plein milieu de la cour, t'avait surprise par-derrière, et, les mains vissées sur ton sac, avait simulé un coït sous les éclats de rire. Tu te souviens. La boule dans le ventre. La boule dans la gorge. Ce cri jamais sorti. « Tais-toi t'es conne on t'écoute pas. » Cette phrase dont tu as fini par te convaincre toi-même.

De ces autres, contre toi-même tu étais la meilleure alliée.

Pendant les trois années qui ont suivi, tu es restée aux aguets. Lentement, tu t'es modelée. Tu as lissé chaque rugosité susceptible de te faire honnir des autres. Jusqu'à gommer tes contours. En apparence, tu es une adolescente comme les autres. Tu passes tes samedis après-midi dans la pénombre du O'Carolan's Harp, ce pub irlandais de la place de la Rép' où tu suis Léa et sa nouvelle bande d'amis. Tu y bois des jus d'abricot ; tu les regardes jouer au billard ; tu écoutes leurs conversations, tu opines, tu n'as pas grand-chose à ajouter. Tu es invisible, tu es « la copine de Léa », et au fond ça t'arrange bien. À part elle, aucun d'eux ne sait que tu écris. D'ailleurs, si tu avais une vraie vie sociale, si tu étais aimée, tu n'écrirais sans doute pas. Tu échangerais volontiers tes petits cahiers contre une gueule acceptable et un peu d'attention.

Tu entres donc au lycée avec la même intention que chaque année : te fondre dans la masse. Pas de vague. Rien qui puisse révéler aux autres que tu n'es pas comme eux. Cela t'a déjà trop coûté de le montrer.

Et puis, Anouck est arrivée.

Plus de vingt ans après, tu n'auras rien oublié de ce jour-là. L'entrée en scène de cette grande fille improbable, arrivée avec dix minutes de retard, avait médusé toute la classe. Chevelure fauve, lourde et ardente comme la coiffe d'une courtisane – mais sous laquelle se dévoile un visage ingrat, plus ravagé d'acné que le tien. Silhouette épaisse, genoux en X sous la jupe de tulle blanc. Et ces santiags aux pieds dont le cliquetis avait résonné entre les allées tandis qu'elle prenait place. Assise à côté de Léa, tu avais passé le reste du cours à la dévisager – te demandant comment une fille presque aussi laide que toi pouvait s'afficher avec un tel aplomb.

Au lycée, personne n'adresse la parole à Anouck. Trop chelou la fille. C'est quoi cette dégaine. Et puis lèche-cul en plus de ça, tout le temps à la ramener avec les profs. On raconte qu'elle est folle, qu'elle a séjourné plusieurs fois en HP, on écrit sur les tables « Anouck l'hystérique », un jour même quelqu'un colle une serviette hygiénique imbibée de sang sur son sac. Mais Anouck ne se ramasse pas comme tu as pu te ramasser au collège. Elle garde la tête haute. Chaque matin, elle arrive avec une tenue toujours plus extravagante, comme pour faire acte de dissidence. Poncho multicolore, jupe en skaï bleu électrique, gilet à franges. Ses apparats sont flamboyants. C'est une sorcière qui se veut reine. Une telle audace aurait fait d'elle l'icône du lycée, si seulement elle avait été belle. Mais sa laideur la rend intolérable. Qu'une fille moche ose être sûre d'elle, c'est le comble de la provocation. Ça ne peut que mériter l'omerta.

Un jour, elle arrive en retard comme d'habitude – tu apprendras plus tard qu'elle habite pourtant à cinq minutes à pied du bahut –, Léa est absente et par hasard c'est à côté de toi qu'elle s'assoit. Le cours porte sur Ronsard et l'art du sonnet. Le prof pose des questions, tu galères un peu, ça va trop vite, à côté de toi Anouck lève la main avec aisance, ses réponses font mouche : « Bravo, quelle finesse dans votre analyse, mademoiselle Janowsky ! » Tu louches sur sa feuille. Et soudain tu tombes des nues. Il n'y a quasiment aucune note. À la place du cours, des arabesques farfelues tracées à l'encre turquoise.

Aussitôt, tu ne sais pas pourquoi mais tu comprends. Que cette fille, d'une manière ou d'une autre, va compter pour toi. Elle n'en sait rien encore, parce que pour elle tu es comme les autres, une petite sotte noyée dans la masse. Mais toi, tu l'as déjà reconnue.

À la fin de l'heure, l'occasion tombe à pic : le prof donne des exposés à faire en binômes sur la poésie du XVIe siècle, et puisque Léa est clouée au lit pour un moment avec sa grippe, c'est avec Anouck que tu travailleras.

Le soir même, après les cours, tu la suis jusque chez elle, un appartement de la rue Wilson. Tu regardes autour de toi. Tu vois la déco un peu barrée, la collection de guitares électriques accrochées au mur, les posters de *Nevermind* et de David Bowie, la pyramide de canettes de bière 50 centilitres trônant au-dessus du buffet. Tu vois le désordre aussi, celui que ta mère ne s'autoriserait jamais, les cendriers remplis sur la table, les fringues qui traînent sur le canapé. Tu te demandes où tu as atterri – mais déjà tu penses : quelle honte si un jour Anouck doit venir chez toi, quelle honte quand elle verra le petit pavillon de lotissement des années Giscard, le vieux living en bois dans le salon, la tapisserie rose saumon et l'horrible frise fleurie aux murs de ta chambre.

« Trop cool », tu dis.

Mais tout de suite, elle te prévient : « Faut pas se fier aux apparences. » Tu ne comprends pas vraiment ce qu'elle veut dire, mais tu te gardes bien de lui demander des précisions. Tu sens que c'est un sujet explosif.

Elle te conduit jusqu'à sa chambre. Aussitôt tu vois les livres, comme une forêt devant toi. Des grands classiques que tu as déjà ouverts, mais qui t'ont toujours résisté dès les premières pages ; et d'autres dont tu n'as jamais entendu parler. Tu vois le piano droit à côté de la fenêtre, le siège en velours un peu usé. Tu vois la déco aux murs. Les affiches de films, *Jules et Jim*, *Arizona Dream*, *Le Tombeau des lucioles*. Très loin des blockbusters du Kinépolis où tu vas parfois avec Léa et la bande du Carolan's. Et puis tu vois son bureau. Les carnets et les feuilles qui s'amoncellent. Comme chez toi. Tu aperçois furtivement les croquis, les titres d'histoires, des bouts de phrases.

À ce moment précis, tout un monde s'ouvre à toi. Comme une brèche dans ta petite vie si lisse.

Tu aimerais tout lui dire : « Je n'ai pas lu le quart de ce que tu as lu, je ne connais rien encore, j'ai perdu trop de temps – mais crois-moi : je te ressemble. »

— Bon, on le fait cet exposé ?

Derrière toi, allongée sur le lit, Anouck s'impatiente. Tu t'en doutes : ce travail, elle aimerait autant le faire seule ; tu n'as pas grand-chose à lui apporter. Pour elle, tu es juste cette fille au carré brun toujours collée aux basques de Léa. Gentille, studieuse, inintéressante. Tu sais que si tu ne saisis pas ta chance, ce sera fini. Elle te regardera toujours avec cette espèce de mépris qu'elle a pour le reste de la classe et qu'elle utilise comme arme de défense pour justifier sa solitude.

Alors de but en blanc, tu lances :

— Moi aussi, tu sais, j'écris des trucs.

Elle lève un œil. Ah oui ? Tu bredouilles un peu, toi aussi, tu as des cahiers, tu inventes des histoires depuis toute petite. Et puis, tu finis par lâcher le morceau. Pour la première fois, tu révèles ton secret.

Tu lui dis qu'en ce moment tu écris un roman.

— Ah bon ? Et ça parle de quoi ?

— Ça parle d'une fille au collège. Une fille invisible, que tout le monde croit fragile. Qui devient la victime d'une autre fille, plus belle, plus sûre d'elle.

— Et ensuite ?

— Ensuite ? L'invisible tue l'autre fille. Elle l'étouffe avec un oreiller.

Anouck relève ses yeux vers toi. Et là soudain, tu sens quelque chose qui tremble. Ces yeux nouveaux posés sur toi, ils te réveillent. Ils te secouent. Ils t'extirpent de cette petite fille sage et docile que tu faisais semblant d'être. Ils font coïncider ton image avec celle qui frappe en toi. À leur tour enfin, ils te découvrent.

C'est là que naît la grande amitié de ta vie. La plus lumineuse. Dans cette chambre qui à elle seule résumera tes deux premières années de lycée.

Désormais, tu y passes tes heures de perm, tes pauses de midi, tes vendredis soir. À l'ambiance échauffée du Carolan's, tu préfères ses silences et son odeur de papier d'Arménie. Sur son lit, tu révises tes cours, tu lis *L'Écume des jours*, tu bulles en écoutant Anouck jouer du piano. Tu t'endors et tu te réveilles sous *Jules et Jim*.

Tu rencontres ses deux grands frères, Vadim et Solal – tous les deux la même tête qu'Anouck, grands yeux brun clair, chevelure fauve, et cette stature qui impose. Vadim est en IUT ; Solal en terminale au lycée technique. Toi qui n'as pas de frère, tu côtoies pour la première fois de près le corps de garçons. Tu sens leur odeur de gaillard, tu croises leur chambre en bordel, parfois même tu surprends au réveil leurs torses nus, la peau lactée constellée de grains de beauté. Et ce spectacle t'émeut tout autant que les livres, les morceaux de musique et les œuvres d'art qu'Anouck te fait découvrir.

Ses parents, tu les croises peu. Anouck évite toujours de s'attarder quand ils sont là. Au début, ce que tu perçois d'eux te donne l'image de parents comme tu rêverais d'en avoir. Rock, un peu bohème. Tu ne croises pas souvent son père, un grand type maigre aux faux airs d'Iggy Pop. Sa mère, on dirait votre grande sœur. Elle vous roule des cigarettes et vous parle de sexe ouvertement. Ils ont dix ans de moins que les tiens – et dans ces dix années qui les séparent, il y a le passage de Mai 68, la gauche, la libération sexuelle. Tes parents sont d'un autre temps : ils ont la nostalgie de De Gaulle, ils ont des *principes*, ils ont des *valeurs*. Tu envies la vie un peu folle des Janowsky, les repas à pas d'heure, les Doors qui résonnent dans le couloir, le salon toujours en bordel.

Le « Faut pas se fier aux apparences » qu'Anouck t'avait lancé, tu le comprendras plus tard. Un jour, Anouck te raconte : sa mère, femme-enfant, petite rebelle en crise qui a tout plaqué à dix-huit ans pour se marier. Elle te raconte son père. Tu apprends qu'il a eu sa petite heure de gloire dans les années quatre-vingt, ancien bassiste dans un groupe de rock indépendant. Aujourd'hui il est technicien de régie dans une petite salle de concert bien connue dans le milieu. Mais Anouck, elle l'appelle simplement « le connard ». Elle te dit l'odeur des bières au réveil. Elle te dit les insultes crachées à la figure. Les « petite conne », « mocheté », « imbaisable ». Elle te dit la violence physique, contenue, jamais sortie encore, mais qui, si elle se lève un jour, pourrait bien tout décimer sur son passage.

Tu te tiendras toujours un peu à l'écart de lui. Parfois, tu entreverras. Le samedi matin au réveil, l'odeur rance qui imprègne déjà le salon. Les cadavres de bouteilles qui s'amoncellent dans la cuisine. Les yeux bouffis de la mère d'Anouck. Ceux, hagards, de son père, dans lesquels tu devineras la possibilité d'une fureur.

Malgré vos vies si différentes, voilà ce qui fondamentalement vous lie Anouck et toi : chacune de vous deux s'est construite avec l'idée qu'elle était de trop. Vos blessures sont sœurs. Ce sont elles qui vous donnent l'urgence d'écrire. Pour graver quelque part : *Je suis là. Et je ne me tais pas.*

Anouck te fait lire ce qu'elle écrit. Chaque fois, tu es soufflée. Ses textes ne sont pas aussi travaillés que les tiens, ce ne sont pas des récits soigneusement orchestrés, des histoires aux constructions complexes. Anouck écrit des fragments. Elle ose les vers libres. La poésie. Elle ose ce qui éclate, ce qui désaxe. Avec elle, tu découvres que les mots ne sont pas que des outils, des perles que l'on aligne les unes à côté des autres pour former de belles phrases. Tu apprends qu'ils ont une matière, une texture. Qu'ils sont vivants. Qu'ils bruissent et qu'ils palpitent.

Contrairement à toi, le métier d'écrivain ne représente pas pour elle une fin en soi. Son art dépasse l'écriture. Elle peint. Elle compose. Elle coud. Elle s'éparpille, commence plusieurs projets qu'elle laisse à l'abandon, elle suit son instinct, elle ne s'inquiète pas. Elle a tout son temps pour découvrir qui elle va devenir. Malgré tout ce qu'elle a traversé, malgré les insultes de son père et la soumission de sa mère, malgré sa solitude au lycée, elle reste debout. Confiante dans le destin qui l'attend.

Toi, tu doutes constamment, et c'est ce qui fait que tu ne lâches jamais rien, que tu t'efforces d'aller au bout, pour avoir au moins gagné ça. Tu collectionnes les cahiers comme de petits cailloux qui jalonnent ton chemin. Tu alignes les chapitres comme des balises. Si tu n'avais pas ça, tout s'écroulerait en toi. Tu lui confies cela un jour, très exactement : « Tout s'écroulerait. » Des mots que tu n'as jamais dits à Léa, qu'elle ne pourrait pas comprendre. Des mots que tu ne t'étais toi-même jamais formulés.

Bien sûr, tu fais lire à Anouck les premiers chapitres de ton manuscrit. Tu attends son verdict. Tu sais son exigence, son aversion pour tout ce qui pourrait ressembler à une copie de bonne élève. D'ailleurs, c'est cela que tu redoutes le plus. Que ton écriture soit trop scolaire, qu'elle manque d'instinct, de fulgurance. Avec Anouck, tu as compris ce qu'était le vrai talent, le sel de l'intelligence – et combien il te coûte d'essayer de t'en approcher.

Tu découvres, ébahie, que ton admiration pour elle est réciproque. Tu te dis laborieuse ; elle te voit tenace. Son regard te légitime, valide ton texte comme *roman* – et cette confiance qu'elle a en toi te fait pousser des ailes. Anouck est la source de ton envol. Elle fait se lever quelque chose en toi ; une puissance que tu ne soupçonnais pas.

Alors tu t'y mets de plus belle. Tu délaisses les après-midi inutiles au Carolan's. Tu te décroches de Léa. Sans scrupule d'ailleurs : le temps que tu accordes à Anouck, elle le passe à découvrir la sexualité avec son premier petit ami. Sans Anouck, sans l'écriture, tu l'aurais vécu comme un arrachement. Mais la solitude ne te fait plus peur. Tu sais maintenant ton cœur solide. Tu te loves dans ces après-midi dans ta chambre, le dos voûté au-dessus du clavier de ton iMac G3 – et jamais tu ne t'es autant sentie *à ta place*. Les mots glissent en toi, dans ta tête, dans tout ton corps. Ils te remplissent tellement que tu continues d'écrire même au lycée, pendant les cours qui t'ennuient et dans le bus qui te ramène chez toi, d'une écriture invisible, de celles qui roulent dans la tête et qu'on ne peut pas arrêter. Tu écris, tu écris si bien qu'en deux mois tu mets le point final, et que tu te retrouves devant l'imprimante de ton père à voir défiler l'une après l'autre les cent vingt-trois pages que tu as produites seule – étonnée toi-même d'avoir sorti tous ces mots de toi.

Pour la première fois, tu es fière. Pas parce que tu es devenue belle, ou aimée. Mais parce que ce que tu as accompli là, tu ne le dois qu'à toi-même.

Voilà ce qu'Anouck t'a appris cette année-là. Voilà ce que jamais je n'aurais dû oublier.

Aujourd'hui

Maintenant, j'écris dans les interstices.

J'écris quand je n'ai pas cours, que Romain est au boulot et que les filles sont à l'école, dans la maison silencieuse. J'écris le week-end, le mercredi, pendant les quarante minutes où elles ont le droit de regarder la télé, avec en toile de fond la musique des génériques, les bruits de rayon laser et de combats cosmiques. J'écris aussi quand elles jouent, quand elles se bousculent, quand elles s'ennuient, j'écris malgré le bruit, malgré le bordel et les « Maman ! », malgré l'heure qui tourne et le repas à préparer, malgré le tas de copies qui restent à corriger, malgré la vie qui happe.

Ou plutôt, j'écris avec tout ça.

J'écris *parce que* tout ça.

J'écris, et c'est laborieux. J'ai dû faire le deuil de ce qui t'avait habitée cette année-là, l'année du *Premier Roman.* Faire le deuil des mots qui coulent tout seuls, dans la solitude et les pans entiers de journées libres. Faire le deuil de l'énergie, de l'innocence, de l'adrénaline qui se décharge au moment où les possibles semblent soudain s'ouvrir.

Car les années ont passé et, un à un, les possibles se sont refermés.

J'écris, et je dois lutter pour ne pas m'excuser. Du temps que je ne passe pas avec mes filles. Des séries que je ne regarde plus avec Romain le soir dans le lit. De la maison jamais vraiment impeccable. Des corrections de copies un peu bâclées. Tout ça pour quoi ? Qu'est-ce que j'espère au juste en me remettant à écrire ? Une seconde chance ? Parfois je me demande à quoi bon. J'ai beau être plus mûre que toi de vingt ans, avoir derrière moi des années de lectures, d'études et d'expériences, j'ai l'impression que je n'arriverai jamais à te rattraper. Et je te jalouse pour tout ce que tu as accompli, toi, si naïvement, si facilement, l'année de tes seize ans.

Souvent, je piétine, je trébuche. Il faut croire que je suis un peu rouillée.

Mais parfois, il reste encore des moments suspendus. Des moments où Anouck et toi, vous me traversez comme des fantômes, pour me rappeler de continuer.

Des moments où je le sens de nouveau, avec certitude.

Que l'écriture reste un des rares territoires où peut s'exercer ma force.

3.

Ce jour-là, en août 2000, il y a un homme échevelé aux petites lunettes rondes à la John Lennon qui pose sur toi des yeux curieux. Il y a un bureau en acajou, des rangées de livres, un parquet qui grince et des fenêtres en bois blanc qui donnent sur un boulevard. Il y a ta mère qui pose des questions sur les droits d'auteur, l'à-valoir, les conditions – l'air de ne pas s'en laisser conter. Il y a ton père ébloui d'être là, qui aimerait bien à l'occasion pouvoir sortir de sa sacoche le manuscrit qu'il a lui-même écrit en 1995 et qui n'a jamais été publié malgré plusieurs tentatives.

Et au milieu, il y a toi.

Tes seize ans, ton air d'enfance sur le visage, tes mains qui tremblent entre tes genoux.

Il y a toi qui te demandes ce que tu fous là.

L'éditeur s'appelle Pascal Tisserand. Il fait pleuvoir sur toi des éloges – « incroyable, rarement vu une telle précocité, quelle maturité, quelle efficacité dans le récit, mais dites-moi comment cela vous est venu, cette histoire d'amitié toxique, de passion et de folie, comment une jeune fille comme vous, comment des idées si sombres, je suis vraiment curieux ».

Tu ne sais pas quoi répondre. Tu bredouilles : « Merci, merci beaucoup. » Tu dis : « Je ne sais pas, c'est sorti comme ça. » Pas envie de lui raconter la cour du collège, l'année de cinquième, ta rage au ventre et l'envie parfois d'assassiner tes bourreaux. Si tu le lui disais, probablement qu'il te prendrait pour une folle. Il se rendrait compte que ton roman n'est rien d'autre qu'une petite histoire de collégienne malheureuse. Tu t'excuses presque d'être là, dans ce bureau, à cette place que rêveraient de t'arracher des milliers de gens bien plus talentueux. Tu te dis qu'il doit y avoir erreur, ce n'est pas vraiment de toi qu'il parle, ou bien si c'est le cas il comprendra vite que ta réussite ne tient qu'au hasard, que cela n'a rien de vraiment exceptionnel.

Une partie de toi le sait déjà : tout ce qui t'arrive aujourd'hui, il faut que tu en savoures chaque moment, que tu le gardes bien précieusement au fond de toi – parce que ça ne durera pas.

Tu te répètes : « J'ai trop de chance. » Comme si tout le travail, la construction du plan, les phrases extirpées et recommencées, comme si rien de tout cela n'avait compté. Tu fais peu de cas de l'exploit que ç'a été pour toi, des efforts que tu as déployés, du haut de tes seize ans, pour aller au bout d'un tel projet.

Le manuscrit, ce n'est pas toi qui l'as envoyé ici. Jamais tu n'aurais osé. Pourtant, Anouck t'a encouragée, elle t'a répété tout l'hiver qu'il fallait tenter ta chance, que tu n'avais rien à perdre - mais toi tu répondais : « Pas la peine, c'est couru d'avance, faut pas rêver. »

Tu repensais à ton père bien entendu, au manuscrit de 1995 dont les éditeurs n'avaient jamais voulu – et tu te disais : « Si même mon père n'a pas réussi, alors moi, à quoi bon ? »

Son roman, il l'avait intitulé *La Dissert* – l'histoire d'un prof de philo qui entretient une relation ambiguë avec une élève de terminale. Tu n'avais que onze ans à l'époque, tu ne pouvais pas le lire, mais pas une seconde tu n'avais douté que ce fût un chef-d'œuvre. Ton père lui-même avait déjà tout prévu : il faisait le pari de ne l'envoyer qu'aux grandes maisons ; il fallait viser haut, pour avoir une chance peut-être de changer de vie, de quitter l'Éducation nationale, d'être enfin *reconnu.* La chute n'en avait été que plus amère : les lettres de refus s'étaient succédé, et ton père s'était recroquevillé sur lui-même. Visage fermé. Pas de commentaires. Lui si volubile, si enthousiaste, lui l'homme de lettres passionné qui t'avait toujours entraînée dans son sillage, soudain humilié. Il lui avait fallu plusieurs mois pour ravaler sa fierté. Ta mère, la réaliste, les pieds sur terre, l'avait rudement secoué. Fini les aspirations littéraires, les rêves de Goncourt, le conte de fées du prof de français devenu écrivain à succès : il fallait revenir à la réalité. *La Dissert* était restée dans sa pochette cartonnée, rangée quelque part entre les manuels du collège et les préparations de cours. Plus jamais on n'en avait reparlé.

Mais toi, cette blessure, tu t'en souviens encore.

Alors, quand Anouck te tanne pour que tu envoies ton roman à des éditeurs, tu t'obstines à répondre : « Hors de question. » Peut-être qu'au fond de toi tu te l'interdis. Parce que s'il existe une infime chance que tu sois publiée, tu aurais l'impression de voler quelque chose à ton père.

Il sait que tu écris. C'est même sa petite gloriole. En salle des profs, il raconte ton prix aux concours de nouvelles l'année de tes treize ans, les poésies publiées dans le journal local, il vante le talent, les promesses. D'habitude, c'est toujours à lui que tu confies tes textes la première fois. Il corrige les coquilles, barre les adjectifs superflus, met des annotations dans la marge avec le même feutre rouge que pour les copies de ses élèves. Il suggère, il encourage. Finalement, c'est lui en quelque sorte ton premier éditeur – bien avant celui aux petites lunettes rondes derrière son bureau en acajou.

Mais cette fois, tu n'as pas voulu lui en parler. Il a bien vu que pendant des semaines tu t'enfermais dans ta chambre ; qu'un après-midi même tu as monopolisé son imprimante. Tu lui as parlé de travail pour le lycée ; il n'y a vu que du feu. Ou peut-être n'a voulu rien y voir d'autre.

C'est Anouck qui vend la mèche.

Un soir de printemps, elle vient dîner à la maison, ta mère est en déplacement, vous êtes tous les trois avec ton père. Il a cuisiné sa spécialité, des *spaghetti alle vongole*, le plat qu'on ne mange jamais quand maman est là – et vous passez une soirée délicieuse, à parler d'Italie, de littérature et de jeunesse perdue, comme si vous aviez tous les trois cinquante ans. Ton père oublierait presque que vous n'en avez que seize. Il vous sert un verre de chianti – « Allez, on ne dira rien à ta mère ! » – et l'alcool vous monte aux joues comme un feu qui crépite.

Anouck jubile. Elle adore ton père ; elle adore ton père parce qu'il est tout le contraire du sien, avenant, cultivé, parce que ses vêtements à lui ne sentent pas la mauvaise bière, parce que de ses yeux ne se soulève aucune haine. Elle adore ton père, et peut-être que de ça précisément elle te jalouse – pas de ton talent, pas du roman que tu as écrit, pas du succès que tu pourrais avoir, mais de ce père qui te regarde et qui t'aime.

— Vous savez, Paul, votre fille a écrit un roman incroyable.

Elle lâche cette phrase au dessert. Tu la regardes, ébahie de sa trahison – la première en six mois d'amitié.

Ton père s'étonne :

— Ah oui ? Tu as écrit un roman ? Tu ne me l'avais pas dit.

Même pas le temps de te justifier que déjà Anouck t'interrompt, faisant fi du malaise qui t'habite.

— Vraiment. Il faut que vous le lisiez. Et surtout que vous la convainquiez d'en faire quelque chose. Moi ce n'est pas la peine, elle ne m'écoute pas.

Elle te sourit, un peu narquoise, l'air de te dire : « Maintenant, ma cocotte, débrouille-toi avec ta chance. »

Le soir même, avant d'aller te coucher, tu déposes sur son bureau la pochette cartonnée où tu as écrit au feutre noir : *Premier Roman.*

Tu ne redoutes pas son verdict comme tu redoutais celui d'Anouck. Ce que tu crains, au contraire, c'est l'enthousiasme disproportionné, c'est la fierté qui embarrasse. Et tu ne te trompes pas : le lendemain matin, à peine assise à table devant ton bol de cacao, tu le vois déjà venir vers toi, grave, résolu, les yeux légèrement humides.

Il s'assoit face à toi, et il te dit : « C'est incroyable. Anouck a raison. Il faut qu'on fasse quelque chose. »

Dès lors, la machine est lancée.

Ton père le sait désormais, il a appris la leçon : envoyer un manuscrit par la poste, c'est utopique, il faut trouver une autre stratégie, faire jouer les relations. Alors oui, bien sûr, il ne connaît personne du *milieu*, mais il a peut-être une idée. Une de ses anciennes collègues, une documentaliste à la retraite, organise des cafés littéraires à la médiathèque municipale. Elle doit justement inviter bientôt une autrice originaire de Metz, une femme très sympathique à ce qu'on dit – peut-être pourrait-on lui confier ton texte, pour voir si elle peut jouer les intermédiaires ?

Et te voilà un soir de juin, quelques jours avant la fin de la seconde, embarquée au beau milieu d'une assemblée de lectrices sexagénaires venues se faire dédicacer le dernier roman de Chantal Hoffmann. Ton père t'accompagne. Pour tout dire, il est un peu déçu : il s'imaginait une ambiance plus feutrée, un public plus intellectuel. Mais toi, tu serres ta pochette contre ton sternum comme si cette compression pouvait calmer les battements de ton cœur. C'est la première fois que tu vois une autrice en chair et en os. Pendant tout le temps du café littéraire, tu l'observes comme si son être tout entier était auréolé de mystère. Alors c'est donc ça, une *écrivaine* ? Au premier abord pourtant, on pourrait la confondre avec une de ses lectrices, longs cheveux gris noués derrière la nuque, étole camaïeu jetée sur les épaules. Mais tu ne peux t'empêcher de deviner en elle quelque chose de fragile, une fébrilité qui n'existe pas chez les autres. Pas même chez ton père.

À la fin de la rencontre, après le défilé des dédicaces, vous vous avancez vers elle. C'est ton père qui prend la parole. Il dit « ma fille » comme si tu n'étais pas là. Il vante le talent : « Jamais vu ça chez une jeune de cet âge. Et pourtant, les copies d'ado ça me connaît, croyez-moi, ce n'est pas parce que je suis son père. » Chantal Hoffmann l'écoute en souriant. Et puis, sans lui répondre, elle pose sur toi ses yeux minces.

— Et toi, qu'est-ce que tu en dis ? Tu peux me parler un peu de ce que tu as écrit ?

Tu bredouilles quelque chose, tes mots font comme des spasmes dans ta bouche. Tu voudrais lui dire tout ce que tu as mis de honte et de douleur dans cette histoire, les pages sorties comme un crachat. Mais soudain, tout cela te paraît lointain, insignifiant, tu ne sais plus quoi en dire, ça ne t'appartient plus. Tu t'excuses. Tu ne voudrais pas déranger, mais si elle pouvait peut-être, enfin si elle a le temps bien sûr, juste jeter un coup d'œil, te dire si ça vaut le coup, tu lui en serais très reconnaissante.

Chantal Hoffmann accepte. Tu lui tends la pochette cartonnée. Promis, elle le lira avant la rentrée. Promis, elle te donnera son humble avis – elle a certes un peu de bouteille, mais tout de même, elle n'est pas éditrice, elle ne peut décider de rien.

— Tout ce que je peux te dire, mais tu t'en doutes, c'est qu'il est très difficile de se faire publier. Alors un petit conseil : profite de l'été, et n'y pense pas trop… Et c'est valable pour vous aussi, monsieur, ajoute-t-elle, toujours dans un sourire.

Ce conseil, tu le prends à la lettre : les semaines qui suivent, tu oublies tout. C'est l'été, et tes seize ans te rattrapent d'un coup. Après des mois de claustration, ta jeunesse te rappelle à l'ordre. Besoin de sortir, de respirer, de te dégourdir. De sentir ton sang pulser. Tu pars en vacances dans le Vaucluse avec tes parents. Tes pieds foulent des sentiers de rocaille, des ruelles pavées de pierre ocre, des chemins ombrés de pins. Ton corps est énergique, entier. Au bord de la piscine, tu crames ta peau huilée ; tu écoutes

Destiny's Child sur ton Discman ; tu renonces à lire *L'Éducation sentimentale* que t'avait conseillé Anouck ; tu embrasses un garçon avec la langue pour la toute première fois. La vie a un goût de chlore, d'Ambre Solaire, d'apéros qui s'éternisent. Sur la terrasse de l'appartement, ton père lit *Le Monde des livres*, commente les futures sorties de la rentrée littéraire. De temps en temps, il te parle du *Premier Roman*. Il dit : « Et si jamais ? » Mais tu ne l'écoutes pas. Ses rêves glissent sur toi. Pour la première fois peut-être, la vie t'appelle et bat en toi ; elle se suffit à elle-même. Sans besoin de mots à aligner.

Tu ne sais pas encore. Qu'à votre retour, sur le répondeur, la voix de Chantal Hoffmann vous attendra, qu'elle dira : « J'ai lu le manuscrit, incroyable, incroyable, si vous permettez je le transmets à Pascal Tisserand, mon éditeur. »

Tu ne sais pas encore. C'est l'été, tu as seize ans, et c'est éternel.

Tu ne sais pas. Qu'un mois plus tard devant ce bureau tu signeras ton premier contrat d'édition, et qu'un bout de ton adolescence restera pour toujours accroché là.

4.

Incroyable.

Ce mot, tu te le répètes tous les jours, incroyable, pincez-moi, c'est fou – tu te le répètes en cours, à ton bureau, quand tu te prends la tête sur tes disserts, quand tu lis le programme pour le bac de français, *Le Barbier de Séville, La Bête humaine* ou *Fêtes galantes*, et que les mots te résistent, et que tu te rends compte que tu ne connais rien à la littérature. Tu es une lectrice laborieuse, une bonne élève sans être brillante, sur tes copies de français c'est écrit à l'encre rouge : *Un peu maladroite. Manque de finesse.* À côté de toi, Anouck excelle. C'est elle qui est désignée pour participer au Concours général, c'est sa copie que la prof lit à voix haute à toute la classe quand il faut rédiger un poème à la manière de Verlaine. Et si tu lui avais dit « Madame, il faut que je vous dise, mon premier roman va être publié ! », elle t'aurait sûrement regardée de ses petits yeux médusés, en lançant : « Pas croyable. »

Et pourtant, c'est vrai.

Et pourtant, quelque part à Paris, un éditeur renommé t'écrit pour te demander de réfléchir à la fin d'un chapitre ou au sort de tel personnage.

Et pourtant, pendant que les autres traînent au skatepark, boivent des coups au Carolan's ou matent MTV, tu relis les épreuves de ton roman.

Incroyable. Pincez-moi.

La parution est repoussée à septembre 2001. Pascal Tisserand mise sur la prochaine rentrée littéraire. Ça te paraît une éternité. Tu as beau avoir signé un contrat, tu te demandes constamment si tout ne va pas foirer. Tant que tu n'auras pas le livre sous les yeux, tant que ça n'aura pas un poids entre tes mains, tu refuses de prendre quoi que ce soit pour acquis. Au lycée, à part Anouck et Léa, personne n'est au courant. Même ton père, à ta demande, n'a rien révélé à ses collègues. C'est ta mère qui te l'a conseillé : « On ne s'emballe pas. Qu'est-ce qu'on dirait ensuite si tout tombait à l'eau ? »

Alors cette année de première, tu la vis comme un entre-deux. Un sas, une transition. Un morceau de toi est encore bien là, dans cette adolescence qui te retient, le lycée, les délires, Anouck et toi qui dansez sur Daft Punk à deux heures du mat sur son balcon, la première beuh goûtée un soir chez Léa dans sa véranda, et puis ce cahier que tes parents t'ont offert à Noël (« Pour ton deuxième roman, peut-être ? » a dit ton père dans un clin d'œil) mais que tu remplis finalement de pacotilles, des pubs de magazine, des citations enflammées, des dessins absurdes – comme pour garder la trace de tes seize ans, et de leur adorable futilité.

En classe, tu es assise entre Anouck et Léa. À ta gauche, une tignasse paprika, des santiags et un sac en bandoulière rempli de bouquins. À ta droite, une queue-de-cheval haut perchée, un pull Pimkie et un ras-du-cou maillé. Entre ces deux rives, tu louvoies. D'un côté il y a Anouck, vos lectures, vos envolées, vos nuits blanches à regarder de vieux films et à discuter du sens de la vie. De l'autre, il y a Léa, sa beauté, sa facilité à être aimée, Léa et vos souvenirs d'enfance, Léa ton repère depuis toujours.

Tu as essayé de faire en sorte qu'elles soient amies à leur tour. Mais cela n'a jamais pris.

De Léa, Anouck dit qu'elle est creuse. Belle, gentille, serviable – mais rien dans le bide. Le vide à l'état pur. « Non, vraiment, désolée, mais elle et moi, on n'a rien à se raconter. »

Tu sais, toi, que Léa vaut bien plus que cela. Qu'elle aussi a eu son lot de blessures. Tu sais jusqu'où l'a poussée son besoin de plaire, d'être lisse et d'être belle : jusqu'à la folie. Pendant que tu te faisais harceler au collège, elle vivait un autre drame : l'effacement de son corps, centimètre par centimètre. Tu te souviens, le régime commencé innocemment, juste histoire d'affiner sa silhouette avant l'été. Et puis l'obsession des calories, le contrôle permanent. Les cuisses, le ventre, le visage : rognés jusqu'à l'os. À la rentrée de cinquième, sur le parvis du collège, tu avais failli ne pas la reconnaître. C'est parce qu'elle s'était enfermée dans sa propre folie que Léa s'était éloignée de toi cette année-là ; que pour la première fois depuis le primaire, elle n'avait pas été là pour faire rempart entre toi et les autres. Un jour d'hiver, elle avait disparu pour de bon. Sa chaise vide à côté de toi en classe. Le soir même, sa mère avait appelé la tienne. Trente et un kilos. Hôpital. Protocole très strict. Pas possible de téléphoner. Plus tard, à son retour, elle te raconterait. La sonde dans le nez, dans l'estomac. Le ventre rempli, gavé malgré elle. Elle te raconterait les autres filles spectrales hantant les couloirs, accrochées à leurs perfusions comme pour tenir debout. Elle s'était liée avec l'une d'elles, une fille de quinze ans au passé chargé, qui en était à sa troisième « hospite ». Elle avait repris du poids, avait baratiné tout le monde pour sortir. Et une semaine après, ses parents l'avaient retrouvée pendue dans sa chambre. Pendue. L'image s'était imprimée dans la chair de Léa. La peau bleuie. Le corps pantin. Ç'avait fait comme une décharge dans ses veines. Le sursaut. Avec une pugnacité qui avait ébahi les médecins, elle s'en était sortie. Elle avait retrouvé son corps. Elle avait retrouvé son pouls. Quatre mois plus tard, elle était revenue au collège comme un soldat : encore un peu désaxée, mais prête à rester vivante. Sa force t'avait sidérée, et rassurée. À nouveau, tu pourrais te coucher dans son ombre.

Alors non, jamais Anouck ne pourra te convaincre que Léa est creuse. Toi seule sais les démons qui menacent encore parfois de l'habiter. Toi seule sais que sa vie d'ado modèle - ses amis, ses histoires d'amour, son acharnement à la beauté – tient en un équilibre encore précaire. Et qu'en elle se cache un feu capable de vie et de mort.

D'Anouck, Léa ne dit jamais rien, parce qu'elle se contient, parce qu'elle veut être aimée et éviter les conflits. Mais un jour, elle te l'avoue : votre complicité la blesse. Elle a beau avoir un petit copain et sa bande du Carolan's, elle n'en a pas moins souffert de voir sa meilleure amie s'éloigner d'elle. Toi qui croyais ta présence superfétatoire, toi qui croyais avoir plus besoin d'elle que l'inverse, tu découvres que tu lui as manqué.

Un jour, sans le dire à Anouck, tu retournes avec elle au Carolan's.

Je m'en souviens encore, le frisson d'un après-midi de novembre, la chaleur sombre du pub dans lequel vous vous engouffrez Léa et toi, l'odeur de cigarette qui prend à la gorge. Au moment où tu rentres, où tu vois le groupe habituel agglutiné autour d'une table, tu sens déjà combien Anouck te manque. Tu aimerais repartir en chemin inverse, traverser la ville jusqu'à la rue Wilson, sonner à son interphone et l'entendre te répondre comme d'habitude en imitant Chewbacca, comme un signal de reconnaissance.

Mais par fidélité à Léa, tu vas quand même faire un effort. Tu te prépares mentalement à passer un après-midi d'ennui à siroter ton jus d'abricot en les regardant jouer au billard, comme tu le faisais avant de rencontrer Anouck. Tu te prépares à écouter leurs petites histoires, les couples qui se font et se défont, tu te prépares à les imiter, à te calquer sur eux, sur ce qu'ils aiment ou qu'ils n'aiment pas – quand soudain, tu captes un visage. Des boucles brunes derrière une nuque. Tu vois des avant-bras dénudés sous des manches retroussées. Tu captes une peau, dont tu sais immédiatement combien tu es loin de la toucher un jour, combien ces bras sont inaccessibles aux filles comme toi. Le garçon s'appelle Tom. Il est en terminale, option arts. Dans ses mains il y a un appareil photo, un Olympus argentique. Il dit qu'il vient de parcourir la ville, qu'il a fait des portraits de gens au hasard sur l'Esplanade. Tu avales ta salive. Ses potes le chambrent un peu, ils l'appellent « l'artiste », ils disent : « Allez avoue mec, avoue que c'est ta technique pour choper ! » Sauf que toi, tu sais déjà. De toute la bande attroupée ici, sous les lueurs vertes des plafonniers, tu es la seule peut-être qui partage quelque chose avec lui. Et ça te traverse. Et ça te vrille. Tu as l'impression que ton cœur descend tout au fond de toi. Qu'il pulse dans ton bas-ventre. Qu'il pulse dans ta culotte. Pourtant tu restes pétrifiée, incapable de sortir de toi, comme enfermée dans ta propre peau. Comme d'habitude, tu ne diras rien. Tu resteras la copine de Léa, celle qui ne parle pas beaucoup, celle qui a toujours l'air de faire un peu la tronche. Mais en silence, tu brûles déjà.

Vingt ans plus tard, je la regretterais presque, cette fulgurance. Ce tressaillement que soulève la beauté de l'autre. Il y a bien longtemps que j'en ai tiré les leçons. Maintenant, il me faut plus que cela pour m'impressionner, me tirer de ce territoire confortable qu'est ma vie de mère de famille. Mais parfois, je t'envie. Je t'envie de te sentir vivante. Je t'envie de tout ce désir au creux de toi.

À partir de là, Tom détrône toutes tes préoccupations. Même ton livre, tu l'oublies. Qu'importe que tu sois publiée, reconnue, que le monde entier te connaisse, qu'importe, puisque Tom t'ignore.

Invisible tu étais. Invisible tu resteras.

Tu lui voues un amour pieux. Tu ne te lasses pas de dire son nom : « Tom Gavanel, Tom Gavanel », ta langue bondit, « Tom », tu te délectes de ces syllabes qui ricochent entre tes lèvres, « Ga. Va. Nel ». Sur ton cahier, tu dessines son visage, son corps fantasmé. Un jour, sur une page, tu scotches le mégot de cigarette qu'il a écrasée sur la terrasse de Léa, et que tu as ramassé comme une relique imbibée de son ADN. Tu écris des sonnets, des odes à ses avant-bras et à ses mains, des blasons entiers. Tom Gavanel devient ta muse.

Toi qui t'es toujours évertuée à disparaître, combien tu aimerais aujourd'hui retrouver tes contours. Que ta peau te brûle. Que ta bouche pique. Que quelque chose te touche, enfin. Le soir, tu promènes ta main sur ton corps. Tu le découvres sensible. Les petits seins. Le ventre lisse. Le sexe tendre. Sous ta paume, tu te réveilles. Tu t'apprends sensuelle, petite nymphe plus audacieuse encore que ne le serait Léa, et que personne ne soupçonne.

Mais quand tu te lèves le lendemain, et que tu découvres ta gueule, la réalité te gifle : tu es laide. Au-dessus de la clavicule, ta peau devient un territoire hostile, miné de bourgeons et de cicatrices. Avec tes ongles, patiemment, tu éclates les bulbes. À la fin, ton visage est rouge, blessé, il luit et saigne par endroits. Tu masques les dégâts avec une couche de fond de teint mat, si épais que cela fait comme un masque qui te recouvre.

Comment Tom pourrait te regarder, lui qui cherche la beauté partout où il va ?

Un jour de printemps, tu retournes à Paris avec tes parents. Tu revois l'éditeur aux petites lunettes rondes. Il te conduit dans une salle de réunion, où t'attendent une dizaine de personnes. « Les représentants. » Apparemment, c'est important. Le baptême du feu. Tu dois leur parler de ton livre, leur donner envie pour qu'à leur tour, ils aillent convaincre tous les libraires du pays. Tu as préparé une petite feuille avec des notes, mais l'éditeur te dit de ne pas la regarder. Heureusement, tu l'as apprise par cœur. Tu récites ta leçon en te tordant les mains. C'est la première fois que tu prends la parole, comme ça, devant des adultes. Tu n'as même pas encore passé ton oral de français. Mais à la fin de la réunion, Pascal Tisserand te sourit. Il est confiant. Visiblement, ta jeunesse a parlé d'elle-même. Ta maladresse doit avoir encore quelque chose de touchant.

C'est l'après-midi que ça se complique. Un photographe t'attend dans la cour. Tu vas devoir poser pour le portrait qui figurera sur la quatrième de couverture. Je me souviens, il te demande de t'asseoir sur les marches d'un escalier en bois, dans les locaux même de la maison d'édition. Tu as l'impression que ça dure des heures. « Essaye de te détendre un peu. La bouche surtout. Décrispe ta bouche. Ça sera plus joli. » Le photographe commence à s'impatienter. Tu ne sais pas si tu dois sourire. Tes lèvres tremblent, tes dents te gênent. La honte te fait suer.

Tu penses à Tom. Tu l'imagines en face de toi, son Olympus entre les mains. Tu l'imagines te reprendre : « La bouche. Décrispe ta bouche. » Et soudain, tu esquisses une histoire dans ta tête : celle d'une fille hideuse qu'un photographe prendrait pour modèle. Il serait si fasciné par sa laideur qu'il en tomberait fou de désir. Tu l'ignores encore, mais quatre ans plus tard, c'est de cette histoire dont tu viendras parler ici même, à nouveau, pour présenter le *Deuxième Roman*.

Début juin, tu prépares ton bac de français. Tu révises tes fiches sur Beaumarchais, Verlaine et Zola, en tournant en rond dans ta chambre. Un jour, le facteur sonne, ton père arrive en trombe avec un colis entre les mains : ça y est. Ton livre est là. Solide. Palpable. Tu le soupèses entre tes mains. Une fois encore, tu te répètes : « Incroyable. » Ton nom a beau être là, sur la couverture, quelque chose en toi résiste. Toi, l'ado ordinaire, ni belle ni particulièrement brillante, ce n'est pas possible, ça ne peut pas t'arriver, il doit y avoir un malentendu.

Et puis tu retournes le livre. Tu découvres la quatrième de couverture. Tu découvres la photo, là, au-dessus du résumé. Un visage en noir et blanc, poupin et austère à la fois, les joues démesurées, le regard sombre.

Ce visage, c'est le tien.

Ce n'est pas celui, doux et lumineux, de Léa.

Ce n'est pas celui, puissant et rusé, d'Anouck.

Ce visage ne brille d'aucun éclat. Ni de celui de la beauté, ni de celui de l'intelligence.

Mais ce visage sur ce livre, c'est le tien. Et rien ne pourra jamais te l'enlever.

Aujourd'hui

Recherche : Tom Gavanel.

Une page Facebook laissée à l'abandon. Dernière photo de profil : un autoportrait de Cartier-Bresson, le visage mangé par l'œil énorme de son objectif.

Un compte LinkedIn :

Expérience :
Google Maps Business view Photographe agréé
Mars 2016 – aujourd'hui. 5 ans 6 mois.
J'améliore la visibilité dans les recherches Google et Google Maps.
Images d'entreprises & web marketing
2010 – aujourd'hui. 12 ans.
Luxembourg.

Sur Instagram, une centaine de photos. Beaucoup de matières : mousses, galets, écorces. Des plages s'étendent, bordées de mers métalliques. Des roches se découpent sous des ciels abrasifs. Jamais de portrait.

Je remonte le fil. Les images s'égrènent, comme les fragments d'une vie qui semble au faîte de la beauté et de la délicatesse. Je guette, à l'affût du moindre signe.

Noyée au milieu des autres, une photo de 2019 montre un jardin prisonnier du givre. Au loin on devine, évanescente, la silhouette d'un enfant.

En 2017, au milieu de vignes rousses, une chevelure de femme qui se confond avec l'automne. Ses pointes caressent le sommet d'un ventre arrondi.

Je descends plus loin encore. 2016, 2015. Comme c'est étrange, cette vie qui se dévoile sans rien dire d'elle-même. Ces paysages qui ne sont d'aucun lieu, qui ne s'associent à aucun mot.

Et puis, là, soudain, je la reconnais. Une image en noir et blanc, bien plus triste que les autres. Une photo du port d'Ostende.

J'en suis certaine : cette photo, il l'a prise avec moi.

Deuxième partie

Ce qui t'emporte

Année 2001 - 2002

« Une paillette d'or est un disque minuscule en métal doré, percé d'un trou. Mince et légère, elle peut flotter sur l'eau. Il en reste quelquefois une ou deux accrochées dans les boucles d'un acrobate. »

Jean GENET, *Le Funambule*

5.

Dans la cour intérieure d'un hôtel parisien, assise à table, une chevelure argentée t'attend.

La première journaliste.

Elle s'appelle Tanya. Elle a quarante-cinq ans, un visage fin et allongé comme celui de Virginia Woolf, des yeux qui sourient, et elle est d'une élégance folle. Elle écrit pour un magazine féminin, elle a une fille à peu près du même âge que toi, et elle a adoré ton livre.

Pendant une heure, dans ce petit patio où le bruit des boulevards paraît lointain, vous parlez elle et toi comme deux copines qui font connaissance. Tu as à peine conscience de faire ta première interview. C'est léger. Facile. Hormis aux premiers moments de ton amitié avec Anouck, jamais personne ne s'est autant intéressé à toi. Toi à qui on assénait « tais-toi t'es conne on t'écoute pas » – te voilà enfin entendue. Ce que tu as à dire, pourtant, n'a rien d'extraordinaire. Tu réponds sans calcul, sans méfiance, avec la spontanéité de tes dix-sept ans. Quand Tanya te demande quels sont tes livres préférés, tu réponds « *L'Écume des jours* de Boris Vian » avec une évidence si désarmante que cela la fait sourire. À plusieurs reprises, devant Tanya, puis devant les journalistes qui suivront, tu te demandes ce qu'aurait répondu Anouck à ta place. Sans doute quelque chose de plus mordant, de plus brillant. Mais ça n'a pas l'air de déranger. Au contraire : comme lors de la réunion avec les représentants, les adultes voient dans ta jeunesse plus de fraîcheur que de niaiserie. Cela n'aura qu'un temps.

À la fin de l'interview, Tanya te donne son email. « N'hésite pas à m'écrire, et surtout préviens-moi quand tu emménageras à Paris, on ira boire un café ensemble. » Devant le porche de l'hôtel, elle pose sa main sur ton épaule et te fait la bise. Tu te sens importante. Un peu étourdie aussi. Comme si tu venais de traverser un long voyage, vers un autre monde que le tien.

Tu reverras Tanya une ou deux fois après ton emménagement à Paris. Aujourd'hui, les souvenirs sont flous. Je me souviens d'un déjeuner dans une brasserie de Montparnasse. Je me souviens de la lumière de ses cheveux gris, de la grâce absolue qui émanait d'elle, et de ce sentiment d'irréel qui t'habitait à l'idée que tu puisses avoir rendez-vous avec quelqu'un comme elle. Je me souviens qu'une fois elle était arrivée un peu en retard, ébouriffée. Elle t'avait dit qu'elle revenait d'un cours de claquettes – et à ce moment-là, rien ne t'avait semblé plus enviable et délicieux qu'une vie comme celle-là, une vie où l'on apprend à danser les claquettes et où l'on va ensuite déjeuner à Montparnasse.

Mais ce n'est pas cette vie-là que tu auras.

En 2006, tu quitteras Paris pour toujours et tu te jureras d'arrêter d'écrire. Tu ne déjeuneras plus jamais avec Tanya. Un jour, dans une librairie de Metz, tu découvriras son visage et son nom en tête de gondole. Elle publiera un roman qu'elle vendra à des millions d'exemplaires à travers le monde. Pendant un moment tu resteras là, hébétée, à faire des allers-retours entre la photo de Tanya, devenue romancière à succès, et toi, prof de français dans un petit lycée de Moselle-est. « Je la connais tu sais », diras-tu à Tom. Debout à côté de toi, plongé dans un numéro de *Polka*, il lèvera à peine les yeux. Et cette indifférence – aussi cruelle que s'il n'en croyait pas un mot – te signifiera désormais combien tout cela n'a plus la moindre importance. Parce que Tanya et toi, vous n'aurez plus rien en commun. Parce que cette vie-là, il sera trop tard pour l'approcher à nouveau : pour toujours, elle restera hors de ta portée.

Mais pour l'heure, c'est encore une promesse que tu touches des doigts.

Tu as dix-sept ans, et ce mois d'août ne te fait plus toucher terre. Un mois plus tôt, à la fête chez Léa, tu ravalais ta honte en te jurant, avec Anouck, de faire de ta vie une histoire merveilleuse. Et voilà, tu y es déjà.

Exaucée sans effort.

Tu vas à Paris faire des interviews, tu dors dans des hôtels payés par la maison d'édition, tu parcours la ville dans des taxis. Tes journées sont rythmées par des agendas que l'on programme pour toi, et sur lesquels tu te laisses glisser. *Incroyable pincez-moi c'est fou.* Tu traverses tout cela sans vraiment prendre conscience de ce qui t'arrive, un peu sonnée, étonnée de la facilité avec laquelle tout cela arrive. L'exercice de l'interview, que tu redoutais tant, t'amuse et te flatte ; tu te prêtes au jeu, chaque fois plus confiante et détendue. Bien que ce ne soit jamais un moment agréable, tu finis même par t'habituer aux séances photo. À chaque venue à Paris, tu prends soin de choisir tes vêtements, ta coiffure. Tu demandes à Léa des conseils, vous allez faire les magasins toutes les deux ; tu veux être jolie, faire coïncider ton image avec celle qu'on te renvoie. « C'est hallucinant ce que vous avez écrit ! » ; « Parlez-moi de vous, je veux tout savoir. » Qui est cette jeune fille qui attire soudain l'attention ? Est-ce bien de toi qu'il s'agit ? Les éloges pleuvent. Jamais ils n'ont été si nombreux. Tu finis par te persuader que si tant de gens pensent du bien de toi, c'est que cela vaut peut-être quelque chose. Alors, tu les accueilles. Tu les laisses te recouvrir. Au-dessus de toi, cela forme comme un vernis, une couche mince qui te donne l'illusion d'une consistance. Mais au fond, tout est friable. Tout est poreux. Prêt à tomber en miettes au moindre choc.

Heureusement, tes parents veillent au grain. Attentifs, soucieux que tu gardes « la tête sur les épaules » – ta mère du moins, parce que ton père plane autant que toi. À chaque venue à Paris, ils tiennent à être là, ne serait-ce que pour t'accompagner jusqu'à la maison d'édition où tu es ensuite *prise en charge*. Dans la cour, devant ton éditeur qu'ils trouvent « vraiment sympathique », ils posent leur main sur ton épaule et disent « On vous la confie hein ! », puis ils s'en vont visiter des expos toute la journée. Le soir, ils te récupèrent et vous allez à l'hôtel tous les trois. Au début, c'est bon de les retrouver, réconfortants comme un retour au port. Mais peu à peu, tu sens une distance. Plus ce monde te devient familier, plus tu perçois ce dont tu n'avais pas conscience jusqu'à présent : la différence de classe. Ils ont cinquante ans, quelques années de moins que Pascal Tisserand, quelques années de plus que Tanya, et pourtant un gouffre les sépare. Leurs vêtements bon marché. Leur façon de se perdre dans le métro. Leurs conversations, leurs bons sentiments, les poncifs qui sortent de leurs bouches. Tu les croyais plus évolués que la moyenne, moins *beaufs* que les Colleoni, bien plus sortables que les Janowsky. Ils ont fait des études, ils lisent des bouquins. Ton père sans conteste était pour toi l'incarnation de l'« intellectuel ». Et pourtant, pour la première fois, tu le sens : ce sont des ploucs. Et cette découverte t'est d'autant plus cruelle qu'elle te renvoie à la figure cette vérité : tu en es une aussi.

C'est au cours de ce mois d'août 2001, alors que le *Premier Roman* s'apprête à sortir et que les journalistes commencent à s'emballer, que tu rencontres

Éliane. Ton « attachée de presse ». Tu ne connaissais pas le terme jusqu'alors. Tu apprends que c'est d'elle, en partie, que dépend ta survie dans ce milieu. Éliane Jeanneret, c'est la meilleure, te confie un jour Chantal Hoffmann. Elle est redoutable. Tu as de la chance : parmi la dizaine d'auteurs qui figurent dans le catalogue de la rentrée, tu fais partie de ceux sur lesquels elle a choisi de mettre le paquet. Tu aurais pu passer inaperçue, tomber aux oubliettes sitôt ton livre sorti, et réaliser alors (comme je l'ai fait bien trop tard) que la publication d'un livre ne suffit en rien à auréoler quelqu'un de succès. Tu ne mesures pas encore la faveur qu'elle t'a accordée. Contre toute attente, elle t'a élue.

Avec Tanya, elle a beaucoup de points communs : même génération, mêmes racines bourgeoises. Même réseau. Même élégance. Comme Tanya, tu la regardes avec des yeux éblouis : elle concentre en elle un univers qui te semble alors en tout point supérieur à celui que tu connais.

Je me rappelle ce petit bout de femme au visage marmoréen, comme sculpté : les méplats des pommettes, les yeux allongés, jamais maquillés ; la bouche en revanche toujours carmin, pleine, un peu boudeuse. Je me rappelle les boucles rousses en désordre, comme au saut du lit. Les chemises blanches sur les pantalons de tailleur. Les bouts pointus de ses escarpins. Je me rappelle ce que tu te dis chaque fois que tu la vois. Tu penses : « Un personnage de cinéma. » Il y a ses silences, son air absent, une Emmanuelle Riva dans *Hiroshima mon amour*. Il y aura, plus tard (quand vous deviendrez *amies*), sa façon délurée de conduire dans Paris, ton cœur en suspension quand elle accélérera sur les boulevards. Il y aura ses colères, sa façon de se servir un whisky à minuit en lançant gravement : « Cette journée m'a fait chier. »

Je me rappelle son grand appartement rue Joseph-Bara, près du Luxembourg. Les piles de livres, de manuscrits, cette grande porte toujours ouverte aux coursiers et aux clients, auteurs, éditeurs, tous ces gens que tu as croisés sans avoir la moindre idée de l'importance qu'ils pouvaient avoir. Souvent, c'est là que tu restes « en transit » entre deux interviews. Chaque fois, tu te sens un peu penaude, tu ne sais pas trop quoi faire de tes mains. Pendant qu'Éliane va et vient, que ses assistants s'affairent, tu restes devant la bibliothèque, et tu mesures l'étendue de ton ignorance. « Vas-y, prends tout ce que tu veux », te dit Éliane. À chaque excursion, ton sac se remplit de livres que tu n'aurais jamais lus, des romans étrangers, une histoire de la musique, des essais politiques. Tout ce qui pourrait combler un peu le vide qui t'habite, combler les années à ne pas lire, ou si peu, ou si mal. Tu aimerais rattraper d'un coup tout ce que tu as manqué, comme pour être enfin digne d'elle. Oui, c'est cela : digne d'elle, et du pari qu'elle a fait sur toi. Mais aucune de ces lectures ne parvient à s'imprimer en toi. Les mots glissent sans jamais t'atteindre. Tu n'y comprends rien. Tu n'as pas les codes, pas la culture.

Et chaque fois que tu vois Éliane, chaque fois qu'un mot sort de ta bouche, tu mesures combien tu es loin encore de mériter les espoirs qu'elle fonde en toi.

Pendant les trois années qui suivront, l'appartement de la rue Joseph-Bara deviendra ton repaire. Le lieu emblématique d'une époque qui me paraît désormais aussi étrange qu'une vie antérieure. Il m'en reste des images brumeuses de dîners mondains (les seuls que tu vivras jamais) ; d'Éliane et toi dans le salon tamisé, à discuter jusqu'à plus d'heure en buvant du vin ; de nuits où tu resteras dormir, parce que le dernier métro sera déjà passé. Tu y verras passer Françoise Giroud juste avant sa mort, Yann Queffélec, Jacques Attali, Nicole Garcia. Un soir même, tu te laisseras séduire par un homme plus âgé que toi, et c'est lui qui te déflorera. Tu te sentiras importante, et chaque fois ton cœur enflera un peu plus, et les rives de ta vie d'avant te sembleront plus lointaines et plus floues.

Cet appartement, et tout ce qu'il représente, la culture, la bourgeoisie, la réussite, longtemps tu t'y accrocheras. Tu t'acharneras à y maintenir ta place. Tu t'acharneras, convaincue que perdre le privilège d'y être conviée, ce serait revenir en arrière, ne plus exister. Redevenir pour toujours une invisible. Tu t'acharneras, jusqu'à ce jour de mai 2004 où, avec une coïncidence presque orchestrée, dans ce même appartement se fracasseront tes prétentions littéraires, l'estime qu'Éliane voulait bien te porter – et, pire que tout, ton amitié avec Anouck.

6.

Le jour de la sortie du livre, tu entres en terminale.

Au petit matin, ton père est revenu du bureau de tabac avec une pile de quotidiens. Sur la table du petit déjeuner, il épluche toutes les rubriques littéraires. Trois articles sont consacrés au *Premier Roman*. Derrière ses lunettes, tu le perçois : ses yeux embués de père ému. *Jeune talent de la rentrée* ; *Phénomène* ; *Précocité ahurissante*. Tu es contente, mais c'est comme si tout cela ne te concernait pas vraiment. Après tout, autour de toi rien n'a changé : ni le goût de tes céréales industrielles, ni la petite cuisine aux rideaux fleuris, ni les jardinets du lotissement endormi derrière la fenêtre. Ce monde, tu ne l'as toujours pas quitté. Tu ajustes les mèches devant ton front ; tu enfiles ton Eastpak. Cette rentrée sera comme les autres.

Et en effet.

Sur le parvis du lycée, tu es aussi seule que les années passées. Les élèves se ruent sur les tableaux d'affichage, Léa embrasse à pleine bouche son nouveau petit ami, et toi tu attends Anouck en tirant un peu fort sur ta clope.

Tout l'été, tu as pensé à elle. Tu n'as qu'une hâte, lui raconter Paris. Lui raconter Tanya, Éliane. Partout où tu es allée, chaque lieu que tu as traversé, chaque fois que ton cœur a cogné un peu plus fort, Anouck ne t'a pas quittée. Tu t'es imaginé chacune de ses réactions, les réponses qu'elle aurait données à ta place. Tu as envie de l'emmener avec toi. La prochaine fois peut-être, si tes parents veulent bien. Vous prendrez le train toutes les deux, et tu lui montreras. Tu lui présenteras Éliane, et l'appartement de la rue Joseph-Bara. Tu lui feras découvrir ces lieux qu'on dit mythiques – tu en ignorais l'existence deux mois avant –, la Closerie des Lilas, les Deux Magots, où Éliane t'a emmenée boire des verres. Cette vie que vous avez esquissée en juillet dernier, dans la véranda des Colleoni, tu l'as approchée en éclaireuse. À toi maintenant de l'entraîner. À ton tour de lui apprendre, comme elle t'a appris il y a deux ans.

Et pourtant, quand tu la vois arriver ce matin-là, à la bourre comme d'habitude, tu le sens de façon immédiate, instinctive : pour la première fois, entre vous, une fracture.

Pendant que tu t'es épanouie, révélée, quelque chose en elle s'est tassé.

Jusqu'à présent, chaque fois qu'Anouck arrivait au lycée, c'était comme une entrée en scène. Avec ses fripes, ses santiags et ses bouquins de grec ancien, elle était un spectacle à elle seule. Mais ce matin, rien de tout cela. Elle porte un sweat incolore qui a l'air d'être emprunté à l'un de ses frères, et qui engloutit son corps. Ses cheveux, « ses beaux cheveux de putain » comme elle dit, et qui font d'ordinaire sa fierté, sont si rêches qu'on dirait une surface solide, âpre, presque noduleuse. Ça ressemble à des dreadlocks naissantes, mais tu ne saurais dire si c'est fait exprès ou pas.

De son été à elle, tu ne sais pas grand-chose. En juillet, quand vous vous êtes quittées, elle devait partir un mois entier en Bretagne chez sa grand-mère, et passer ses journées à lire Nietzsche pour prendre de l'avance sur le programme de philo. Vous deviez vous voir en août, et puis c'est toi qui as été emportée. Plusieurs fois, tu as voulu l'appeler. Ce n'est pas vraiment dans tes habitudes. Trop peur de déranger, de tomber au mauvais moment. Un jour, tu as essayé, à tout hasard, et la voix sinistre de son père à l'autre bout du fil, « Elle est pas ici », t'a glacé le sang. Tu n'as pas insisté.

Et maintenant la voilà, presque irréelle, loin de toi. Vous avez à peine eu le temps de vous faire la bise que c'est déjà l'heure d'y aller. Dans l'escalier qui vous conduit jusqu'à la classe de votre prof principal, tu tentes un :

— Alors, tes vacances ?

Et la banalité de ta question te fait presque honte.

Elle te répond vite, en mangeant ses mots :

— J'ai lu plein de poésie, Césaire et Senghor surtout, sublime, finalement la philo ça m'a saoulée. Je suis sortie avec un mec un soir, il a essayé des trucs, ça ne m'a strictement rien fait. Franchement je me débrouille mieux toute seule. Sinon, j'ai pris des coups de soleil aux orteils, Solal a eu son permis, Vad s'est fait tatouer un phénix sur le torse. Ah oui, et mon père a pété un câble la semaine dernière. Il s'en est pris méchamment à ma mère. On s'est barré, et maintenant on vit à la campagne.

Les mots d'Anouck t'arrêtent sur place, au milieu du flot de l'escalier.

— Bon allez, tu viens ou quoi ? Je te raconterai.

Plus tard à midi, après votre premier cours, vous vous installez sur un banc dans la cour. Plus possible de squatter chez elle : sa mère et elle se sont réfugiées chez une amie, dans un village paumé à trente kilomètres d'ici, en attendant de trouver une autre solution. La situation n'est pas si terrible : la maison est grande, il y a des chambres d'amis, et un berger yougoslave prêt à montrer les crocs si jamais son père tentait de s'approcher. Ses fringues et ses bouquins sont restés rue Wilson, impossible de savoir quand elle ira les récupérer – mais bon, au moins ça y est, c'est fini : plus besoin de vivre entre les mêmes murs que « le connard », plus besoin de respirer le même oxygène que lui, plus besoin de supporter son odeur, sa tronche de rock star déchue, ses insultes vomies à la gueule.

Calmement, sans pathos (Anouck en est incapable), elle te raconte ce soir où ç'a vrillé. Ses parents plus bourrés que d'habitude. Sur Led Zeppelin à fond, les hurlements de sa mère devinés trop tard. Quand Anouck et ses frères ont débarqué dans le salon, elle était couchée en travers du tapis ; son père assis sur elle, les doigts serrés autour de sa gorge. Vadim et Solal ont dû s'y mettre à deux pour l'arrêter. Heureusement qu'ils sont costauds. Et le lendemain matin, à l'aube, pendant que son père décuvait, ils sont partis, comme ça, en douce, avec juste quelques affaires sous le coude. Au commissariat, on a dit à sa mère : « Madame, vous devriez y réfléchir à deux fois avant de porter plainte. Les disputes, quel couple n'en a pas traversé ? Réfléchissez avant de ruiner la vie de votre mari. » Alors, elle est repartie.

« On n'attend rien des flics ni de personne. On va serrer les dents. Je peux te jurer que je vais la réussir, cette terminale. Que dans un an je serai loin d'ici. Ma mère aura peut-être retrouvé du boulot. Vad et Sol seront là pour veiller sur elle. L'essentiel, c'est que maintenant ce taré se tienne loin de nous. »

Tu écoutes Anouck sans dire un mot. Tu écoutes Anouck, et dans ta tête défilent des images que tu peux à peine te représenter, tant elles sont loin du monde duveteux que tu connais. Pour te les figurer, tu dois convoquer en toi des clichés de séries policières ou de reportages sur les violences conjugales. Tu vois le père d'Anouck, les yeux révulsés, crisper ses mains autour d'un cou de femme. Tu vois le commissariat, les flics roulant des mécaniques avec leurs brassards et leurs holsters, la mère d'Anouck et son mouchoir roulé en boule entre ses mains. Tu aimerais trouver les mots justes. Des mots capables de secouer toutes ces images, de les annuler, de vous projeter elle et toi à nouveau dans la véranda des Colleoni, ce soir de juillet où vous aviez décidé de votre destin comme une belle histoire que l'on va raconter. Mais non. Tu ne trouves rien.

Et là, tu le sens : entre elle et toi, la toute première dissonance.

— Et toi alors ? Tu me racontes ? C'était comment Paris ?

— Moi ? Oh, c'était bien.

De ce mois de septembre 2001, je me souviens d'une impression d'irréalité. Anouck t'échappe. La grande époque de la rue Wilson est décidément révolue : plus jamais tu n'y remettras les pieds. Tous les matins, elle arrive en retard à cause du long trajet, et dès la fin des cours elle s'esquive, elle file prendre son bus, capuche sur la tête, craignant de voir débouler son père à la sortie du lycée. Ton temps avec elle est précieux : tu ne peux compter que sur le quart d'heure de récré et la pause déjeuner – quoique souvent, elle préfère sacrifier son repas à une heure au CDI pour bosser ses disserts. Heureusement, il y a vos mots échangés pendant les cours. Des dizaines de petits bouts de papier passés entre vos mains sans que jamais les profs ne vous fassent de remarque.

Vous avez une technique imparable pour qu'ils ferment les yeux : entre chaque échange épistolaire, vous redoublez d'énergie pour lever la main. Au milieu de la classe amorphe, vous êtes les seules à témoigner d'un intérêt pour Platon, le *Blitzkrieg* ou le mythe d'Antigone. Et vous voilà tacitement pardonnées de votre correspondance clandestine. Là, vous recréez votre monde. Réflexions métaphysiques, blagues douteuses, tentatives de poésie – votre prose éclatante te donne l'illusion que tout est resté intact.

Mais entre vous aussi, il y a les silences. Les sujets que vous avez décidé de taire.

Elle ne te parle pas de sa famille. Tu ne lui parles pas de ton roman.

Rien qui puisse rappeler ce qui vous éloigne.

7.

Aussi ne dis-tu rien le 6 septembre lorsque tu t'absentes pour deux jours. À Paris, dans ce grand bâtiment comme un paquebot surplombé d'un « France Télévisions », tu pars faire ta première télé.

C'est une émission littéraire. Au téléphone Éliane a dit : « le baptême du feu ». D'autant plus important que c'est la première de la saison. « Il y aura même Michel Houellebecq. » Tu n'oses pas le lui dire, mais tu n'as aucune idée de qui est Michel Houellebecq. Une semaine avant l'émission, tu te précipites pour acheter *Les Particules élémentaires*. Sans rien connaître de lui (c'est plus tard que tu apprendras sa réputation sulfureuse), tu dévores le roman, avec l'intuition que ce que tu as entre tes mains est sans aucun doute un chef-d'œuvre. Donc, tu vas faire une émission, et la personne qui a écrit ce livre, peut-être le plus grand écrivain de la littérature contemporaine, sera là lui aussi. Si j'étais à ta place aujourd'hui, crois-moi, je serais mortifiée. Au lieu de cela, tu accueilles l'événement avec la même curiosité naïve et distancée que lorsque, trois semaines plus tôt, tu rejoignais Tanya dans le patio d'un hôtel germanopratin pour te faire interviewer.

Le matin même, quand tu sors de la salle de bains de ta chambre d'hôtel, ta mère te tance : « Tu ne vas quand même pas y aller habillée comme ça ? » Tu portes ta tenue ordinaire d'ado génération 2001 : jean bootcut tellement usé que les bouts s'effilochent, et tee-shirt à strass de lolita. En panique, elle te conduit aux Halles. Tu achètes un petit pull pervenche aux épaules légèrement bouffantes ; tu attaches tes cheveux en un chignon propre. Tu es impeccable. Prête à faire bonne figure, comme à l'oral du bac de français. La seule chose qui te terrifie, c'est les bourgeons que l'acné a fait germer au-dessus de tes lèvres et sur ton front le matin même. Tu les sens qui palpitent sur ton visage, enflés comme des cloques. Tu te retiens de ne pas les arracher.

Dans les coulisses, c'est l'effervescence. Éliane et Pascal Tisserand sont là. Tu as l'impression d'avoir deux paires de parents autour de toi. Tous les quatre, un peu fébriles. Ta mère court aux toilettes. Ton père tourne autour de Pascal Tisserand. Éliane tourne en rond. De sa voix enrouée par les cigarettes, elle te fait ses dernières recommandations : « Surtout, si on te demande ton âge, dis que tu as dix-sept ans. Pas dix-sept ans *et demi*. Ça fait cruche. D'accord ? »

Tu acquiesces.

Tu seras bien sage, tu feras comme il faudra.

La maquilleuse te regarde. « Oh ben, on va avoir un peu de travail là ! » Tu ne dis rien, mais tu sens quelque chose de chaud monter dans ton dos et dans ta nuque. Tu la laisses t'enduire de crèmes et de poudres. Tu deviens orange. Les bourgeons continuent de palpiter, là, au-dessus de tes lèvres – mais au moins ils sont devenus incolores.

Quand c'est fini, tu te lèves pour laisser la place à l'invité suivant. Et là, sur le pas de la porte de la loge, un monsieur arrive à grands pas. La soixantaine, élégant, visiblement important – tu ne sais pas qui c'est, et d'ailleurs tu ne le sauras jamais. Sans te jeter un regard, il te tend son manteau. Il doit te prendre pour une petite stagiaire. L'espace d'une seconde, tu hésites à lui dire, avec toutes tes excuses, qu'il fait sans doute une erreur, que tu es invitée toi aussi, que, enfin, ce n'est pas ton rôle de… Et puis tant pis. Tu prends le manteau. Tu prends le manteau, parce qu'un instinct au fond de toi craint de froisser le monsieur important. Parce qu'une voix (la même qui te poursuivra jusqu'à aujourd'hui encore) te souffle « Non mais, pour qui tu te prends, là ? », te rappelant par là même que tu n'es rien, pas à ta place, et que si tu fais des histoires tu retourneras vite d'où tu viens.

Alors tu seras bien sage. Tu feras comme il faudra.

De cette première télé, c'est cela que vingt ans plus tard tu retiendras. Plus que ton attente interminable dans un recoin derrière les caméras et les projecteurs. Plus que Michel Houellebecq, sa chemise vichy bleu pastel et l'espèce de misère qui te paraîtra émaner de lui. Plus encore que tes trois minutes d'antenne, ta bouche qui tremble et la faute de syntaxe que tu trouveras le moyen de commettre.

Cette image : toi déambulant dans les loges avec ce manteau d'homme dans les bras, sans savoir ce que tu dois en faire.

8.

Quelques jours plus tard, l'émission est diffusée, suffisamment tard le soir pour que, penses-tu, personne n'y prenne garde. Détrompe-toi : le lendemain, toute ta classe sait que tu es passée sur France 2, que tu portais un petit pull pervenche aux épaules bouffantes, et que tu as dit « malgré que ».

– Tu t'es fait pistonner ?

– Tu vas quand même passer ton bac ?

– Et dis voir, tu vas toucher combien ?

Léa fait gentiment rempart :

– Bon allez, on va peut-être passer à autre chose, non ?

Anouck, elle, ne dit rien. Penchée sur sa feuille, elle tricote le plan en trois parties du prochain DM de philo, avec la concentration et l'efficacité d'une petite artisane.

Tu es tellement occupée à répondre aux questions des autres – toi l'invisible, pour la première fois objet de curiosité et d'attention, pour la première fois *intéressante* – que tu as à peine remarqué ses yeux bouffis.

Pourtant, Anouck n'a jamais les yeux bouffis. Anouck ne pleure jamais. C'est une vérité aussi immuable que son amour pour Chewbacca ou la couleur café de ses iris. Et pourtant, ce jour-là, c'est ce détail qui t'est invisible.

L'interclasse est terminé. Le prof de philo reprend son cours – un commentaire de l'allégorie de la caverne de Platon. *Figure-toi des hommes dans une demeure souterraine… les jambes et le cou enchaînés… La lumière leur vient d'un feu allumé sur une hauteur…*

Est-ce que tout va bien ? Tu écris ces mots sur un bout de papier que tu plies en quatre et que tu glisses dans sa trousse.

Imagine que le long d'une route est construit un petit mur, pareil aux cloisons que les montreurs de marionnettes dressent devant eux, et au-dessus desquels ils font voir leurs merveilles…

Pas de réponse.

Du coin de l'œil, tu vois Anouck couvrir le texte de Platon de feutre surligneur, de flèches et d'annotations illisibles – comme si elle redoublait d'efforts pour t'ignorer. « Oui c'est ça. Elle m'ignore. » Pour la première fois, l'idée te traverse : qu'elle puisse te faire la gueule. T'en vouloir de ta soudaine petite notoriété. Que la rancœur contre toi ait fini par s'immiscer en elle.

Considère que l'on détache un de ces prisonniers… Que crois-tu qu'il répondra si quelqu'un vient lui dire qu'il n'a vu jusqu'alors que de vains fantômes ?

Tu prends un autre papier.

Tu m'en veux ?

Tu le glisses à nouveau dans sa trousse – sans savoir encore la grossière erreur que tu viens de commettre. Sans savoir que comme ces hommes dans la caverne, tu ne vois que les chimères qui dansent devant toi. Sans savoir que de ces trois petits mots naîtra la première engueulade de l'histoire de votre amitié.

Anouck lit le mot. S'arrête. Repose le papier dans sa trousse. Reprend son surligneur et penche de nouveau sa tête au-dessus de sa feuille.

Tu passes le reste de l'heure à sentir ton cœur ruer, à te demander si malgré toutes tes précautions tu n'as pas pris la grosse tête, à te dire « c'est injuste » et à ravaler ton envie de pleurer. Et puis c'est la récré, Anouck remballe ses affaires en vitesse et disparaît dans le flot du couloir ; tu la rattrapes dans l'escalier, « Mais qu'est-ce qui se passe ? Qu'est-ce que j'ai fait ? T'es jalouse, c'est ça ? », les mots dans ta bouche convulsent. Anouck te regarde, imperturbable. « Non mais t'as vraiment rien compris, toi. Redescends sur terre, hein. Ça t'a même pas traversé l'esprit que j'aie d'autres problèmes dans la vie ? »

Et là elle te raconte. Sa voix s'accélère, happée par quelque chose qui te dépasse. Elle te raconte comment la veille au soir, avec Vadim et Solal, tous les trois guettant le départ de leur père, ils sont retournés à l'appart, les bras chargés de sacs et de valises pour récupérer le gros de leurs affaires. Et leur stupéfaction : toutes les armoires, vidées. Les bureaux, les commodes. Tous les habits, les livres, les CD, même les albums photo : disparus. Évacués. Les posters sur les murs, *Jules et Jim*, *Arizona Dream* : arrachés. Après leur départ, leur père avait tout foutu à la benne. Ç'avait dû lui prendre des heures, peut-être même deux jours entiers, mais il l'avait fait, avec sa rage d'homme lésé, prêt à piétiner jusqu'au bout ceux qui lui avaient échappé.

Tu murmures :

— Et tes cahiers ? Et tes dessins ? Il en est resté quelque chose ?

Qu'est-ce que tu crois ? Ses poèmes, ses croquis, tout. Engloutis. C'est peut-être même la première chose qu'il a jetée. En tout cas celle qu'il a eu le plus de plaisir à ravager. Elle l'imagine, déchiquetant chaque feuille l'une après l'autre, en se gaussant, en pensant : « Tiens voilà, petite chieuse, tout ce que tu mérites. »

À ce moment, la voix d'Anouck s'étrangle. Tu fais un pas pour t'avancer jusqu'à elle en bredouillant des excuses, mais elle s'écarte. Ses yeux café rencontrent les tiens et, pour la première fois depuis deux ans, c'est de l'amertume que tu y lis.

— Alors tu vois. J'ai autre chose à foutre que d'être jalouse de toi. Maintenant laisse-moi bosser et fous-moi la paix.

Et elle s'en va.

Ce sera la journée la plus triste de tes dix-sept ans.

Et comme par ces ironies que parfois le destin nous réserve, c'est ce jour-là aussi que, en rentrant chez toi, tu verras à la télé la première colonne de métal du World Trade Center s'écrouler sur elle-même en une ligne parfaitement verticale, au milieu d'une pluie de cendres.

Entre nous deux (13 novembre 2015)

Je me souviens de cette nuit-là, dans la maison aux volets bleus dans laquelle nous avions emménagé six mois plus tôt. Le cri du bébé, comme une petite épingle, était venu perforer mon sommeil. Romain s'était occupé du coucher ; c'était mon tour. Je m'étais levée, poupée désarticulée, j'avais préparé le biberon, l'enfant avait bu et puis s'était rendormi, j'avais noté sur mon calepin : *14/11/2015 – 1 h 30 – 80 ml*, j'avais recouché l'enfant, m'étais assurée que sa grande sœur dormait bien, et puis j'étais allée pisser, et je m'étais recouchée.

À la tension douloureuse de mes muscles, j'avais compris que je ne me rendormirais pas, pas tout de suite en tout cas, ou trop tard pour que le prochain réveil (celui de cinq heures) ne m'achève complètement. Le mieux était encore de rester en alerte. Tant pis pour la nuit bousillée. Tant pis pour les heures de sommeil perdues, jamais rattrapées. Tant pis pour mon corps et ma pensée rongés nuit après nuit.

C'était en 2015. J'avais deux enfants, de trois ans et six semaines, un poste fixe au lycée Chagall à l'est du département, la ferme intention de ne plus écrire quoi que ce soit, et une dépression latente qui ne demandait plus qu'à éclore.

Machinalement, pour tromper l'ennui, j'ai allumé mon téléphone, corps voûté étendu de côté sous la couette, muscles crispés du bout des doigts jusqu'au creux des reins. Dans mes mails, des promos Vertbaudet et Oxybul Éveil et Jeux. Rien d'intéressant. Météo, compte en banque, photos des filles et de Romain. Errance digitale. Et puis j'ai ouvert Facebook.

Sur les photos de profil, des Marianne en pleurs, des drapeaux bleu blanc rouge.

Des posts sibyllins : Untel a indiqué être en sécurité ; Prière pour tous ceux qui vivent l'horreur ce soir.

Il m'a fallu plusieurs secondes pour sortir de ma torpeur et, deux ou trois clics plus tard, ouvrir l'application France Info.

Photos floues. Scintillements. Gyrophares et couvertures de survie.

Et ces trois mots qui tombèrent sous mes yeux striés de lumière bleue. Trois mots qui m'arrachèrent au silence molletonné d'une maison où ma famille dormait paisiblement, pour me projeter là où je n'étais plus – dans cette ville que j'avais abandonnée neuf ans plus tôt :

CARNAGE À PARIS

Je n'ai pas réfléchi, pas hésité une seconde, c'était comme un instinct. Même pas besoin de fouiller dans mon répertoire : son numéro de téléphone, même après toutes ces années, je m'en souvenais par cœur.

Tu vas bien ?

Trois petits points ont clignoté. Ont disparu. Ont clignoté à nouveau, me suspendant à eux.

Oui, pas d'inquiétude pour moi. Je suis à Marseille en ce moment pour le boulot. Mais plusieurs amis à Paris sont encore injoignables. Suis terrifiée.

C'est là que je me suis souvenue du 11 septembre 2001, de cette journée où la rage d'Anouck m'avait pour la première fois foudroyée. Je me suis souvenue de ce cours de philo sur l'allégorie de la caverne, et de mes yeux qui s'ouvraient sur mon orgueil, et des yeux de millions d'Occidentaux qui, eux aussi, s'ouvraient sur la fragilité de leur empire.

Ce soir-là, la sensation du chaos est revenue me gifler et me ramener quatorze ans en arrière. J'ai repensé à tout ce qui s'était passé depuis, ces rues de Paris qu'Anouck et moi avions parcourues, j'ai pensé au Bataclan où je l'avais traînée un jour de 2004 pour un concert de Vincent Delerm, j'ai pensé à ces terrasses où, nous aussi, autrefois, nous nous étions senties jeunes et glorieuses.

J'ai repensé à toutes ces certitudes effondrées. À nos éternités réduites en cendres.

Ce soir-là, les mots d'Anouck furent les derniers.

9.

Je te demande pardon. J'ai été trop conne.

Les attentats de New York ont remis les choses en perspective. Le lendemain matin, tu glisses un nouveau mot dans la trousse d'Anouck, et cette fois, elle te répond.

Moi aussi. Promets-moi que maintenant, on arrête d'être connes.

Tu t'en fais le serment : jamais, jamais tu ne prendras la grosse tête. Quoi qu'il arrive, tu resteras humble. Tu ne te vanteras pas. Tu ne prendras pas de place, tu ne feras pas de bruit. Tu t'en convaincs tellement que même aujourd'hui, c'est inscrit dans ta chair : *Ne prends pas de place. Ne fais pas de bruit.*

Il va falloir t'accrocher, car après l'émission de télé, les ventes du livre s'envolent. Le *Premier Roman* se retrouve en tête de gondole. Tous les jours, le téléphone sonne, les messages affluent, on te propose des rencontres dans des librairies, on t'invite à des salons, à des échanges avec les lycéens. Et voilà : invisible tu n'es plus.

Mais toujours, tu prends soin de ne jamais en parler au lycée. Surtout pas à Anouck. Trop peur de la heurter à nouveau, de lui rappeler que vos vies sont devenues si diamétralement opposées, trop peur de la perdre une fois pour toutes. Alors, de tes succès, tu ne dis presque rien.

Je me souviens de ta première séance de dédicaces, dans une librairie de Nancy. Ton père t'y conduit un samedi après-midi. Dans la voiture, tu lui demandes : « On met quoi dans une dédicace ? » Et il te répond, en homme qui a longtemps réfléchi à la question : « Si c'était moi, je choisirais une formule sobre et élégante. Quelque chose comme “Avec mon plus cordial hommage” ».

Une heure plus tard, te voilà devant une petite assemblée d'inconnus, semblable à celle réunie autour de Chantal Hoffmann à la médiathèque municipale, le jour où tu étais allée lui confier ton manuscrit. Tu te souviens de ce jour de juin 2000, pas si lointain encore, et ta présence ici, au centre des regards, te méduse d'autant plus. Dans le public, il y a ton père bien entendu, au premier rang, fier comme un pape, mais aussi beaucoup d'adolescentes de ton âge, qui serrent ton livre contre leur cœur. La libraire présente ton livre, te pose des questions. Tu réponds comme tu en as l'habitude, avec tes mains qui se tordent et ta syntaxe un peu approximative, tes mots qui se cherchent et qui s'excusent.

Et puis soudain, tu le vois. Là, debout, derrière les chaises. Mains dans les poches de son jean, sourire en coin. Regard brun planté dans le tien. Est-ce que tu rêves ? *Incroyable pincez-moi.* Tom. Gavanel. Tom Gavanel est venu te voir.

Quelques minutes plus tard, quand l'interview est finie, le voilà devant toi, avec *ton* livre entre les mains.

— Salut ! Je t'ai vue à la télé. C'est un truc de fou ce qui t'arrive.

Il te raconte un peu sa vie d'étudiant (tu repenses à la salle de bains des Colleoni, aux carreaux de faïence bleus), les Beaux-Arts vraiment c'est « trop bien » (tu repenses à ta main dans son caleçon), il continue ses projets photo, il voudrait faire un book (tu repenses à sa bite), « d'ailleurs tu connaîtrais pas quelqu'un par hasard qui » (son gland rose qu'il avait essuyé).

Derrière l'irruption d'adrénaline, tu ne sais même pas ce que tu ressens. Le délice de la flatterie. Le désir de lui, encore. L'embarras. Un certain dégoût. Tout cela se bouscule dans ton ventre. Mais pas le temps d'analyser : ton père te fait signe, il y a beaucoup de gens qui attendent, la file est longue.

— On pourrait en reparler un jour ? T'as qu'à m'appeler, tiens.

Il te tend le livre et, exactement comme dans les scénarios que tu t'inventais, un papier avec son numéro de téléphone. Ton stylo à plume du lycée dans la main, tu restes suspendue. Ton cœur s'affole. (Sa bite, son gland rose, son merci avant de s'en aller.)

Tu cherches la bonne formule, celle qui fera mouche, celle qui le séduira mais sans montrer qu'elle cherche à le faire ; celle qui lui laissera entendre que tu n'es plus cette gamine ramassée sur elle-même qui, trois mois auparavant, lui avait déclaré son amour dans une salle de bains ; celle qui te fera paraître sûre d'elle, légèrement inaccessible, celle qui lui donnera l'envie de toi. Et qui te vengera.

Mais rien ne vient. Et derrière lui, la file s'impatiente.

Alors tant pis. Tu te résous.

Nancy, le 22 octobre 2001.
À Tom,
Avec mon plus cordial hommage.
Sophie.

Plus tard, alors que la lectrice suivante te dit à quel point elle a aimé ton roman, tu l'apercevras furtivement au loin, de dos, ouvrir le livre, lire la dédicace, et repartir d'un air légèrement penaud. Intérieurement, tu sens la honte couler sur toi, te recouvrir de sa poix. Tu en es convaincue désormais, il n'y a plus de doute possible : plus jamais tu ne reverras Tom Gavanel.

Cette année de terminale, elle a tout d'une success-story. Les ventes qui s'emballent, la presse qui t'adoube, Tom qui te voit. Tous tes vœux qui s'exaucent avec une facilité dont tu ne te méfies presque plus.

Tu es celle qui reçoit au courrier des lettres de lecteurs et de lectrices – des adolescents qui te disent simplement merci. Tu es celle, ébahie, qui découvre qu'elle n'était pas seule ; qu'il existe derrière les forts, derrière ceux qui t'humiliaient, des milliers de semblables, des milliers d'invisibles aux bouches cousues, et que le seul mérite de tes mots est d'avoir résonné un jour au fond de leur poitrine. De les avoir, même fugacement, extirpés de leur solitude. De tout ce que tu vivras cette année-là, crois-moi : c'est ce qui comptera. C'est cela seul qui restera.

Tu pensais que ce roman t'appartenait, que lui et toi vous ne faisiez qu'un. Mais en quelques semaines, ce n'est plus vrai : le livre désormais vit un destin qui lui est propre. Il s'emballe et il t'échappe. Bientôt, même, il t'oubliera.

Tu es celle qui voit ses piles de livres diminuer en moins de deux sous les chapiteaux échauffés des salons du livre (époque bénie, depuis longtemps révolue).

Tu es celle qui signe dans l'année seize contrats de traduction. Qui recevra des exemplaires en allemand, en anglais, en chinois, en turc ou en yiddish. Des cartons de livres, dans toutes ces langues, à ne plus savoir qu'en faire.

Tu es celle qui, bientôt, recevra sur son compte une somme indécente pour tes dix-huit ans, si énorme qu'elle te paraîtra éternelle (mais dont il ne reste aujourd'hui plus rien).

Tu es cette fille-là. Et parfois, quand je me souviens de toi, je t'envie atrocement.

Mais déjà, il y a les accrocs. Les maladresses qu'on ne te pardonnera pas. En germe, celle que je suis devenue.

Car tu es celle, aussi, qui reçoit un jour un prix de la main même d'Andrée Chedid, sans avoir la moindre idée de qui elle est. Contrairement à Michel Houellebecq, tu n'as pas fait de recherche préalable, on t'a dit « Andrée Chedid te remettra le prix », mais dans le flot des informations que reçoit ta petite tête, tu as mal compris, tu ne sais plus, tu n'as plus eu le temps. Et te voilà assise à côté de cette vieille dame aux cheveux blancs et au visage froissé ; tu dis « merci, merci beaucoup », comme toujours quand tu ne sais pas quoi dire d'autre. Et quand tu liras enfin, plus tard, à la fac, sa poésie au souffle brûlant, quand tu prendras la mesure de l'icône qui se cachait derrière cette vieille dame aux cheveux blancs assise ce jour-là à côté de toi, tu t'en voudras pour toujours de cette occasion manquée.

Des occasions manquées : les années qui nous séparent en sont ponctuées d'innombrables. Des cartes de visite jetées au rebut. Des invitations jamais acceptées. Tant de possibles avortés.

Tu es celle qui ne retient pas les noms et les visages. Tu es celle qui, par timidité ou par paresse, ne rappelle pas les gens ; celle qui craint de déranger ; celle qui se dit : « Ce n'est pas grave. » Celle qui ne fait pas attention. Celle sur qui tout glisse. Tu crois que tout cela t'est offert sans efforts, et que cela continuera. Ô combien tu te trompes.

Tu es celle dont le succès exige désormais un brio dont tu es dépourvue. Quelques mois plus tôt à peine, lorsque ton livre n'était qu'à l'aube de son histoire, ton innocence et tes balbutiements étaient encore capables d'attendrir. On disait : « Oh mais regardez, elle est si jeune ! » On s'émerveillait de tes dix-sept ans, de ta gaucherie pleine de charme, on pardonnait volontiers ton embarras et tes lacunes. Mais maintenant que les ventes de ton livre atteignent celles des auteurs confirmés, les attentes sont tout autres. Tu te dois d'être *à la hauteur*. Mériter le triomphe que tu as obtenu avec si peu de sacrifices.

La première éraflure arrive en décembre. Un jeune journaliste, « brillant et prometteur » te dit Éliane, t'interviewe pour un grand magazine. Première question : « Qu'attendez-vous de la sortie de ce roman ? » Première réponse, du tac au tac : « Que cela m'ouvre des portes. »

Le visage du journaliste se referme instantanément.

Aussitôt, tu prends conscience que c'est inapproprié, ce n'est pas vraiment cela que tu voulais dire, tu rétropédales, tu t'expliques et tu t'embourbes. Mais trop tard : ces quelques mots sortis tout seuls de ta bouche viennent, sans que tu le saches, de sceller durablement ton image, celle d'une petite arrogante. Tant pis pour toi : dans les prochaines années, le journaliste en question va devenir un grand ponte du paysage médiatique. Si seulement tu avais pesé tes mots. Si seulement tu avais fait preuve de mesure, d'intelligence et d'humilité, alors peut-être aurais-tu gardé une chance qu'il se souvienne de toi favorablement. Mais au lieu de cela, comme par ironie, ces portes que tu espérais voir s'ouvrir viennent de se fermer lamentablement sur ton nez.

De quelles portes exactement voulais-tu parler ? Que souhaitais-tu ouvrir que tu n'aies déjà ? De cette réponse hâtive, qui te fera honte pendant longtemps, aujourd'hui je te pardonne. Je pardonne ton ambition à demi-mot avouée. Je pardonne cet élan qui te faisait croire que le meilleur était encore à venir, et que tu pouvais le conquérir. Je pardonne, car je comprends désormais ce qui a tant agacé : que tu sois une jeune fille et que tu oses en vouloir plus. Si tu avais été un garçon, ta réponse aurait fait sourire. Elle aurait même charmé. Mais l'appétence va mal aux filles de ton acabit.

Une ou deux semaines plus tard, l'article paraît, et l'air de rien, il t'assassine. Tes réponses ont été taillées pour faire ressortir leur vacuité. Tu y apparais comme une jeune bourgeoise de province, niaise, imbue d'elle-même.

Éliane t'appelle aussitôt. Tu redoutes son jugement, plus encore que celui du journaliste. Et tu as raison : pour la première fois, tu l'as déçue. Elle te le dit, elle aussi, avec une subtilité caressante qui te fait presque croire que ce n'est pas si grave, qu'après tout ça arrive à tout le monde, qu'on va passer à autre chose. Mais au milieu de ses mots, il y a ceux-là : « petite dinde ».

« Allez, sur ce coup-là, tu as été une petite dinde, mais on ne va pas en faire une histoire. »

Petite dinde.

Pour toujours, c'est cette image qui restera gravée : une petite dinde.

Une petite dinde qui veut écrire des livres.

Une petite dinde qui se prend pour Françoise Sagan.

Une petite dinde sur le territoire des écrivains.

Quelques semaines plus tard, une émission à la radio confirme cette déchéance, et cette fois sans égards : pour la première fois, te voilà étrillée. Méticuleusement. Un petit groupe de chroniqueurs s'affaire à commenter ton ouvrage. On lit une page à voix haute. Une voix d'homme, qui prend son temps, comme avec délectation. On se gausse de la platitude du style. On ricane du néant de ta littérature. Un des critiques fait mine de prendre ta défense : « Oh mais ne soyez pas si durs voyons ! Ce n'est qu'une enfant ! » Mais c'est pour mieux t'achever quand un autre lui répond : « Ah non. Je suis désolé, mais au-delà de dix mille exemplaires, on peut se le permettre. »

Je me souviens du soir où tu as écouté l'émission. Tes parents et toi étiez assis dans le salon. Ton père avait posé le poste de radio sur la table basse. Je me souviens de son regard contrit, douloureux. Comme si c'était lui qu'on piétinait. Ta mère a coupé net la radio : « Bon, c'est le jeu après tout, on savait bien qu'un jour ou l'autre ça pouvait arriver. Allez, faut pas se démonter. » Pour rassurer ton père, tu feins l'indifférence. D'un geste de la main, tu balaies tout cela. Rien à foutre de ce qu'ils disent. Et tu retournes à tes révisions pour le bac.

Mais à l'intérieur, c'est comme en lambeaux.

Leurs mots qui te laminent. « Néant. » « Platitude. » « Petite dinde. » Leurs mots qui réveillent ceux fichés depuis longtemps dans ta poitrine. « Taistoi. T'es conne. On t'écoute pas. » Leurs mots qui, à eux seuls, suffisent à rendre minimes tous tes succès. À te persuader qu'ils ne sont que le fruit d'une chance folle et imméritée.

Car ces mots, bien sûr, tu ne doutes pas un instant de leur vérité. Comme ceux qu'on t'assénait au collège, tu les valides, tu baisses la tête et tu t'excuses.

De ces autres à nouveau, contre toi-même, tu seras la meilleure alliée.

Entre nous deux (fragments)

Un journaliste à propos du *Premier Roman* : « Espérons que les (trop ?) jeunes lauriers de cette demoiselle ne vont pas se transformer en couronne mortuaire. »

*

Un type sur un forum : « On parie combien que d'ici deux ans plus personne ne se souviendra de cette meuf ? »

*

Un romancier d'âge mûr, en riant : « Oh croyez-moi, faites-vous plaisir pour le deuxième : qu'il soit bon ou mauvais, de toute façon, tous les charognards du milieu seront prêts à bondir et à vous déchiqueter en petits morceaux. Alors autant vous amuser. Vous n'avez rien à perdre. »

*

Éliane (à Anouck, un soir, en 2004) : « Dis, entre nous Anouck, tu peux me dire la vérité maintenant. Qui a réellement écrit le *Premier Roman* ? »

*

Un prof de fac : « Certains écrivains – je pense à Pierre Michon, mais il y en a d'autres – ne restent aux yeux du public que les hommes d'une seule œuvre. Vous devriez peut-être vous résoudre, Sophie. C'est déjà beaucoup, vous savez, ce qui vous a été offert. »

*

Un élève : « Eh madame, c'est vrai que vous avez écrit des livres ? »

Moi : « Euh, oui. Mais c'était il y a longtemps, il y a prescription. Bon, tu me montres ton travail maintenant ? »

*

Tom Gavanel : « C'est marrant quand même quand on y pense. Ton père est un prof qui rêvait d'être écrivain. Et toi t'es une écrivaine qui a fini prof. »

10.

Un matin de janvier, alors qu'Anouck rentre du lycée chez l'amie qui les accueille, sa mère l'attend sur le pas de la porte avec leurs valises. Elle lui annonce qu'elle retourne rue Wilson.

Elle lui dit : « Il a changé c'est vrai je te jure ça lui a mis une sacrée claque ; et puis ça pouvait pas durer, on n'allait pas rester ici éternellement. » Elle lui dit : « Si tu veux viens avec moi, ta chambre est toujours là. »

Anouck la supplie de ne pas y aller. Elle la supplie d'attendre, d'en parler à quelqu'un, un psy, une association, elle lui dit : « Si tu nous aimes Vad, Sol et moi, n'y retourne pas. » Mais sa mère baisse les yeux, et ne répond pas.

Le lendemain, Anouck te raconte tout cela sans ciller, et sa force te sidère. Elle te raconte comment alors elle a pris sa mère dans ses bras, comment elle a respiré l'odeur de ses cheveux pour la dernière fois. Elle te raconte, sa valise transbahutée jusqu'au petit studio que Vadim et Solal louent non loin du campus universitaire : c'est là qu'elle passera le reste de l'année. Tant pis pour les vingt-cinq mètres carrés partagés à trois, le clic-clac qui bousille le dos, et ses frangins qui ronflent derrière les cloisons en BA13. Tant pis pour son cœur percé, sa certitude que les choses vont mal tourner. Sa mère a fait son choix. Aucune institution n'a été là pour la sauver. À présent, la personne sur laquelle elle doit veiller, la personne à laquelle elle doit tout entière se consacrer, ce n'est rien d'autre qu'elle-même.

Un jour tu demandes à Anouck d'où vient cette certitude en elle, que nulle violence ne réussit à fissurer. Pendant deux secondes, ses yeux se plissent, et puis elle te répond cette phrase incroyable : « C'est parce que je suis un royaume. »

Elle te dit qu'elle le sait depuis toute petite. Que ça vient de sa grand-mère Solange, qui vit à Carnac et qu'elle voit encore chaque été. Solange, ancienne costumière de théâtre, celle qui lui a appris à lire et à dessiner, celle à qui elle doit sa sensibilité exacerbée et son goût pour l'extravagance. Un jour, elle devait avoir six ans, alors qu'ils étaient en vacances en Bretagne, ses parents ont eu une terrible dispute. La première dont elle se souvienne. Solange a essayé de raisonner sa fille, elle lui a dit qu'elle pouvait rester ici tant qu'elle voulait avec les enfants. Mais sa mère a refusé, et tout le monde est reparti précipitamment. Anouck pleurait beaucoup. Après cela, ses parents ont coupé les ponts, et elle n'a revu sa grand-mère que bien des années plus tard, à l'adolescence. Mais avant qu'ils ne partent, Solange lui a écrit un mot qu'elle a glissé dans un livre pour enfants, et qu'Anouck conserve depuis tout ce temps :

> Ma Nanou, avant de te laisser, je voulais te dire cela : tu es un royaume. Ne l'oublie jamais. Défends-le précieusement. Ne laisse jamais personne te voler ton territoire.

Des années après, ces mots ont continué encore longtemps de m'habiter – au point que je les répète souvent à mes filles. Lorsqu'elles se sentent en danger. Lorsqu'elles ont peur le soir avant de dormir. Lorsqu'elles doivent jouer toutes seules dans la cour de l'école. Comme Solange, je leur dis : « Mes filles, vous êtes des royaumes. » Et je me souviens d'Anouck, comme si elle faisait encore partie du mien.

11.

Que vas-tu devenir ? Comme tous les élèves de terminale, la question te rattrape.

C'est ta dernière année au lycée. L'heure des choix cruciaux. L'heure des journées portes ouvertes, des rendez-vous avec le conseiller d'orientation, l'heure des dossiers et des examens de *débouchés*.

Tandis que la plupart de vos camarades planchent sur les organigrammes de la fac locale, tandis que Léa hésite entre BTS et IUT, Anouck et toi vous ne démordez pas de votre rêve de gamines : partir à Paris. Depuis que vous avez vu *Amélie Poulain* au cinéma, vous vous inventez une vie, un petit appartement au style désuet, des jours de marché et des poulets rôtis qui frémissent dans le four le dimanche midi. Vous vivriez en colocation, vous iriez en cours en métro, vous réviseriez dans des bistrots aux tables de formica. Votre vie aurait la couleur surannée des filtres de la pellicule de Jean-Pierre Jeunet, et le rythme des flonflons qui soulèvent la poitrine, et l'insouciance des ricochets qui rebondissent sur le canal Saint-Martin.

Pour Anouck, le choix est clair : elle ira en hypokhâgne dans un grand lycée parisien, avec l'ambition ensuite d'intégrer l'ENS. Elle ne se fait guère d'illusions : là-bas, elle se mesurera à des fils et des filles de, des gamins bien plus armés qu'elle, et qui la mépriseront. Elle le sait déjà, qu'elle suera, qu'elle tombera, qu'elle apprendra. Mais tant pis. Elle serrera les dents.

Et toi ?

Toi, tu as toutes les cartes en main : un nom connu, des parents qui te soutiennent, un compte en banque où les droits d'auteur vont bientôt pleuvoir. Tu es gâtée. Tellement, même, que c'en est insolent.

Et pourtant, tu es paumée.

Tu es encore si essoufflée de la tempête qui t'emporte que l'avenir semble se dérober à toi. Le temps présent t'aspire ; impossible de te projeter. Fac d'histoire ? De lettres ? IUT Métiers du livre ? Tu survoles les flyers, les sites internet. Rien qui ne s'imprime en toi. Rien qui n'éveille le désir. Anouck a l'urgence d'y arriver ; sa réussite est une question de survie. Mais toi, déjà, tu as presque tout gagné.

Il y a bien un rêve pelotonné tout au fond de toi. Souvent, tu repenses à Tanya, à l'interview donnée dans le patio d'un hôtel. Tu caresses cette idée : toi aussi, dans quelques années, consacrer ta vie à rencontrer des auteurs, à lire leurs livres, à rédiger des articles. Et parallèlement, bien sûr, continuer d'écrire tes propres romans. *Écrivaine et critique littéraire.* Quand tu te projettes dans ce possible, quelque chose en toi frissonne. Mais c'est tellement loin de ce que tu es, tellement loin de ce que tu aurais cru possible seulement deux ans auparavant, que tu oses à peine te l'avouer.

Tu te renseignes un peu. Dans la revue *L'Étudiant*, le parcours est clair, jalonné. Pour intégrer une école de journalisme, il vaut mieux passer par Sciences Po. Et pour entrer à Sciences Po, il faut faire hypokhâgne. Ces mots à eux seuls t'assomment. Tu t'imagines, toi qui te défiles à la moindre compétition, toi qui n'as pas la moindre estime de toi, au milieu de ce monde-là ? Et pourtant, ton prof principal veut y croire. Un jour, il demande à te voir après un cours. À ta surprise, il t'incite à postuler en prépa.

Et même à Paris, croit-il qu'on pourrait te prendre ?

Oui, même à Paris.

« Vos résultats sont très bons, mais surtout, votre parcours peut faire la différence. Ne l'oubliez pas : ce qui vous arrive peut vous ouvrir beaucoup de portes. Saisissez votre chance. »

(Article du journal *La Virgule*, 10 décembre 2001 : *À la question, « Qu'attendez-vous de la sortie de ce livre ? », la jeune lolita répond sans la moindre hésitation, avec un sourire béat : « Que cela m'ouvre des portes ! »*)

Les mots de ton prof, les encouragements d'Anouck et de ton père – ta mère est plus dubitative – te persuadent. Alors tu te lances : tu imprimes les dossiers de préinscription, tu prépares tes lettres de motivation, réunis tes bulletins scolaires et, surtout, quelques articles élogieux sur le *Premier Roman*. Tout est prêt. Tu finis même par oser y croire. Tu laisses la confiance te gagner, les possibles s'ouvrir à toi. Les critiques t'ont certes donné des coups rudes ; mais elles ne t'ont pas fait tomber. Après tout, peut-être n'es-tu qu'aux prémices de quelque chose de plus grand. Peut-être peux-tu te faire confiance. Croire enfin à tes promesses.

Et puis vient le premier bac blanc de philo.

Être libre, est-ce faire ce que l'on veut ?

Toi, la bonne élève, sérieuse et appliquée, toi qui t'es pourtant préparée, qui as révisé tes fiches et tes citations, pour la première fois de ta vie, te voilà à sec. Rien de digne à sortir de toi. Pendant une heure, sur ta feuille de brouillon, tu trébuches. Tu cherches une excellence qui ne vient pas. La médiocrité de tes idées te saute aux yeux. Elle t'est intolérable. Tu regardes Anouck, puis Léa, tu regardes les autres concentrés sur leur tâche, joues échauffées, pupilles écarquillées rivées sur leur copie. Les quarts d'heure défilent, et l'évidence devient béante : ça n'en vaut pas la peine.

Alors, sous les yeux médusés du prof et de tes camarades, tu prends tes affaires, tu te lèves et tu quittes la salle.

Tes pas sont vifs, quelque chose rue en toi que rien ne parvient à calmer, pas même le froid électrique dehors. Pendant une heure, tu parcours les rues désertes du centre-ville, jusqu'au Carolan's où tu finis par t'arrêter pour reprendre ton souffle devant un chocolat. Ton audace te console un peu. Avoir rendu copie blanche, toi la deuxième de la classe, toi la fille-qui-a-écrit-un-bouquin, c'est comme un coup d'éclat, un pied de nez à l'image lisse qu'on a de toi. La liberté, au lieu de la conceptualiser, au lieu d'en débattre dans un plan thèse-antithèse-synthèse, tu pourras dire que tu l'as vécue. Qu'elle t'a portée. Alors, quand tu retrouves Anouck à midi sur le parvis du lycée, et qu'elle te demande ce qui t'a pris, tu joues un peu les fières. Pour la première fois, crois-tu, tu as fait preuve de *panache.*

Mais quelques jours plus tard, te voilà convoquée avec tes parents auprès du prof de philo.

Pas de remontrance, pas de leçon, mais une inquiétude : peut-être subis-tu trop de pression ? Peut-être qu'entre la parution du livre et la préparation du bac, tu es dépassée, que tu ne parviens plus à *gérer* ? C'est l'occasion pour ta mère d'exprimer ce qu'elle pense vraiment et qu'elle contient depuis des semaines : pour elle, tu n'as pas les épaules pour une prépa à Paris. Cette copie blanche en est la preuve. Tu es trop fragile. Trop émotive. Pas assez armée. Tu vas te faire bouffer.

Le prof de philo est plus modéré. Pour lui, c'est un accident de parcours, rien de grave, il te laisse une deuxième chance : tu rattraperas le devoir à la maison, et cette fois tu auras tout ton temps pour produire une dissertation digne de toi. Mais le mal est fait. « Trop fragile. » « Trop émotive. » « Pas assez armée. » Les mots étaient déjà plantés tout au fond de toi ; ils n'ont fait que se réveiller.

Sur le point d'envoyer tous tes dossiers, tu renonces. Ce n'est pas de la lâcheté : c'est de la lucidité. La conviction profonde que tu dois rester à ta place.

Ta décision est prise : tu iras quand même à Paris, mais à la fac. À la Sorbonne. C'est une université prestigieuse : tu n'as pas tout perdu. Autour de toi, on est tout de même un peu sceptique. La fac, pour faire quoi au juste ? Au fond, tu n'as pas d'idée précise. Études de lettres pour l'instant, pour te former plus solidement aux classiques, et puis te laisser le temps d'écrire à côté. Ensuite, on verra bien. Il y a peut-être des passerelles, après tout tu as déjà entendu parler de journalistes passés par la case DEUG. Tu es rassurée, persuadée d'avoir trouvé l'équilibre, quelque chose à ta hauteur, ni trop dévalué ni trop ambitieux. Un domaine dans lequel tu es sûre, ou presque, de ne pas échouer.

La vérité, c'est que ce choix préfigurera toutes tes esquives futures. Toutes les fois où tu te recroquevilleras, où tu n'oseras pas, où tu préféreras te taire au lieu de te frotter aux morsures de l'échec. Plutôt renoncer que de s'abaisser à un douze sur vingt. Plutôt battre en retraite que de se ridiculiser aux concours ou aux entretiens d'embauche. Plutôt disparaître que d'écrire un autre livre médiocre.

12.

En mars, un mois avant les élections présidentielles, Éliane t'appelle. Alors que la promotion du livre s'étiole un peu, que tu retrouves un semblant de vie normale, elle t'annonce la nouvelle : tu as été choisie pour représenter *la voix de la jeunesse* lors d'un débat entre Strauss-Kahn et Sarkozy, futurs ministres potentiels de Jospin et Chirac.

Tu tombes des nues. Toi, être une porte-parole de ta génération ? Ça te ferait presque rire, si Éliane au bout du fil n'était pas aussi grave.

« Maintenant, tu es dans la cour des grands. À toi de jouer. »

Cette fois, tu iras à Paris seule. Tu viens d'avoir dix-huit ans, ta mère veut bien enfin te faire confiance. Alors te voilà sortant du train, traînant derrière toi ta petite valise, encore un peu perdue, mal assurée, mais sentant entre tes côtes un souffle nouveau. Dans le taxi, tu regardes les boulevards défiler, ces fenêtres qui laissent deviner des appartements mystérieux, et puis quand les avenues s'ouvrent tout à coup sur la place de l'Opéra-Garnier, un frisson te parcourt. La chair de poule sur tes bras. Sensation fulgurante d'être au cœur du cœur du monde, là où ça bat plus fort. C'est toujours la même chose que tu ressens depuis ta première escapade à Paris en août 2000. Mais cette fois, elle est décuplée parce que tu es seule. Parce que tu es libre. Pour la première fois depuis que tu as mis le point final à ton roman, tu sens tous les morceaux qui te composent se rassembler. C'est fugace, ça t'échappe déjà, mais c'est une certitude : celle d'être à la place où tu dois être.

Comme en septembre dernier, te voilà de nouveau à France Télévisions, sur un plateau échauffé. Sauf que cette fois, ce n'est pas de littérature dont on débat, mais des charges sociales, des trente-cinq heures, et d'autres sujets dont tu ne maîtrises rien. Et puis tu n'es pas ici pour parler de toi, mais d'une génération fracassée, une génération qui s'embrase, et dont on commence à redouter les dérives. Or, qui es-tu pour représenter cette jeunesse-là ? Toi, la jeune fille blanche, sage et bien élevée, fille d'enseignant, qui vit dans une maison de lotissement, qui travaille bien à l'école, qui respecte toujours les règles ? Aujourd'hui je l'ai compris : si l'on t'a invitée ce jour-là, c'est précisément pour ces raisons. Parce que tu représentais une jeunesse docile, une jeunesse qui n'avait rien à dire ni à revendiquer, une jeunesse incapable de faire de l'ombre à ces grands politiques qui, eux, détenaient le savoir et le pouvoir.

Permets-moi de faire l'impasse sur cet épisode que ma mémoire, d'ailleurs, a pris soin d'effacer. Car de cette journée qui marquera ta vie, ce n'est pas cela que tu retiendras : ni ton intervention balbutiante pour défendre la cause des jeunes ; ni la réponse un peu sèche de Sarkozy, ou l'œil impavide de DSK ; ni quoi que ce soit de ce débat que l'histoire laissera elle aussi aux oubliettes - car un mois plus tard, à la stupéfaction générale, c'est le visage de l'extrême droite qui s'affichera dans la course au second tour.

Ce que tu n'oublieras pas, en revanche, c'est la soirée qui suit, dans l'appartement de la rue Joseph-Bara.

Ce soir-là, hasard de calendrier, Éliane a convié tout son carnet d'adresses pour le lancement du dernier livre de Jacques Attali. Ton hôtel est à deux pas ; tu t'y rends, à la fois épuisée par la journée et portée déjà par cette ivresse : tu as dix-huit ans, tu es seule à Paris, et tu t'apprêtes à faire ta première soirée mondaine. Pour l'occasion, tu as délaissé ton look de lycéenne pour un style copié sur celui d'Éliane : chemisier, pantalon fluide, escarpins à bouts pointus – tout cela, bien sûr, acheté à moindres frais dans une boutique de galerie marchande. Tu as l'impression d'être déguisée, ton corps est soudain trop long, trop encombrant, un geste de travers et tout pourrait chanceler – mais qu'importe. Sur le boulevard du Montparnasse, tes talons claquent, et cela te donne l'illusion du triomphe.

Au moment où l'ascenseur te dépose sur le palier capitonné, et où tu franchis la lourde porte haussmannienne, tu le sais : le cœur du cœur du monde, finalement, il est ici. Dans l'appartement en efferves-cence, sous la lumière chamarrée et les fumées de cigarettes, tu perçois des visages familiers, d'hommes et de femmes dont le nom parfois t'échappe, mais que tu as déjà vus à la télé ou dans les journaux. Et puis il y a les autres, tous ceux que tu ne connais pas mais dont tu soupçonnes l'importance – comme cet homme qui t'avait autrefois tendu son manteau dans les coulisses de l'émission littéraire, et dont l'autorité t'avait paru indéniable. Tous ces gens autour de toi, comme ceux qui débattaient sous tes yeux quelques heures auparavant, ce sont eux qui font et qui défont. Ils jugent, ils commandent, ils savent, ils imposent. La voilà, « la cour des grands ». Ce monde auquel Anouck et toi rêviez d'appartenir l'été d'avant, quand vous étiez à la fête de Léa et que tout vous paraissait si médiocre, ce monde qui pour vous battait plus fort que celui des autres, il est là enfin, le voici : tu n'en as jamais été si proche.

Et pourtant, rien n'a changé depuis la fête chez Léa : tu restes transparente. Loin des autres et de leurs voix qui t'ignorent.

Pendant une heure, tu erres entre le buffet et le balcon où s'entassent les fumeurs. Tu ne sais pas quoi faire de ton corps. Éliane t'a rapidement introduite comme sa « protégée ». Les gens ont souri. « Ah oui, c'est donc vous le petit phénomène de la rentrée littéraire ? » Et puis elle s'est rendue inaccessible, comme pour mieux te dire : « Maintenant, ma cocotte, à toi de te débrouiller. » Tu as bien essayé de te faufiler, de happer çà et là quelques conversations. Mais il faut se rendre à l'évidence : à leurs échanges brillants tu n'as rien à ajouter. Leurs mots claquent et résonnent ; ils rebondissent et ils percutent. Le temps que les tiens se formulent dans ta tête, et c'est déjà trop tard. D'ailleurs, tu te rends compte que tu n'as absolument aucun avis. Aucun avis sur l'Europe et la croissance et l'état de la gauche. Aucun avis sur le livre de Catherine Millet ou la dernière mise en scène de Tchekhov. Rien de ce que tu as appris cette année en terminale, tes cours d'histoire et de philo, tes fiches bristol soigneusement recopiées, tes citations mémorisées par cœur, rien, rien de tout cela ne t'est d'aucune utilité pour affronter cette soirée.

Alors, comme chez Léa, tu pars te réfugier. Anouck n'est pas là cette fois, mais tu penses à elle, à ce qu'elle ferait à ta place si elle était là ce soir. Tu te plantes devant l'immense bibliothèque d'Éliane qui tapisse le couloir en enfilade. Tu prends un livre au hasard – *Vingt-Quatre heures de la vie d'une femme* de Stefan Zweig – tu t'accroupis à même le sol, contre le mur, et tu plonges tes yeux dedans.

Et c'est là qu'il vient vers toi.

Il a dans les trente-cinq, quarante ans. Des cheveux sombres coupés en brosse, un parfum d'aftershave, un col de chemise ouvert sur la pomme d'Adam : voilà à peu près les souvenirs qui me reviennent de cet homme penché sur toi ce soir-là, avec une précaution qui te fait presque oublier qu'il vient te déranger. Il te dit « ah tiens c'est vous la jeune fille qui écrit » ; il te parle de Stefan Zweig, de son suicide, il te parle de Vienne et du déclin de la civilisation ; tu es un peu perdue, mais tu l'écoutes poliment. Il s'est assis à côté de toi, sur une chaise curule posée dans le couloir ; sa voix est grave, posée, soyeuse ; il te vouvoie, ses phrases font des circonvolutions, comme pour redoubler de prévenance. Son attention te flatte ; et réciproquement, sans doute. Vous restez là, dans ce couloir où les voix du salon pétillent loin de vous. Tu lui avoues que tu ne te sens pas très à l'aise, que c'est ta première soirée mondaine ; il te sourit, il dit : « Je comprends, moi aussi je m'ennuie un peu ici, ça fait du bien de rencontrer du sang neuf. » Il te dit qu'il s'appelle Cédric, qu'il est conseiller culturel à la mairie de Paris, c'est tout ce que tu apprends de lui car ensuite il veut tout savoir de toi, ton roman, ta jeunesse, comment tu en es arrivée là. Tu réponds, tu as l'habitude maintenant, comme dans les interviews, sauf que cette fois, tu le sens – quelque chose de différent dans sa façon de te regarder, quelque chose qui pourrait bien être (en es-tu sûre vraiment ?) de la *séduction.*

Plus tard, vous allez sur le balcon, la soirée commence doucement à s'émousser. La fatigue de la journée, mêlée à l'alcool, crée en toi un mélange d'étourdissement et de tension. La nuque, les épaules. Ta tête tourne mais tes muscles se crispent. Tu continues de lui parler, encouragée par son sourire, sa diligence d'homme affable. Tu es un peu gênée, d'ailleurs il te le dit, « tu ne regardes jamais dans les yeux quand tu parles » – tiens c'est étrange soudain, ce tutoiement. Tu essayes de le regarder tout en lui disant « tu » à ton tour, impossible, tu esquives, tu baisses les yeux, c'est comme devenir familière avec un professeur ; ça le fait rire, il renverse la tête en arrière et sa main frôle ton omoplate. Quelque chose t'électrise, tu ne sais pas si c'est du désir ou de l'embarras, si tu as envie qu'il continue, ou de t'enfuir loin de lui. « Tant pis, laisse-toi aller, te dis-tu, tu verras bien… » – et les mots d'Éliane te reviennent : « Maintenant, tu es dans la cour des grands. »

Alors tu ne dis pas non quand il te propose de te raccompagner jusqu'à ton hôtel, en parfait gentleman soucieux de ramener à bon port la jeune fille de province novice des nuits parisiennes. Boulevard du Montparnasse, à côté de lui, tes talons claquent toujours, mais maintenant ce bruit te fait honte, il sonne trop faux, fait de toi une femme que tu n'es pas. Tu sens son regard posé sur toi, puis sa main à nouveau, plus bas, dans le creux de tes reins. Ton corps se raidit un peu plus ; un nœud se tord dans ton ventre ; tu te dis que ça doit être normal, que c'est ça sûrement, le désir, ce vertige au moment où ça bascule.

Tu ne dis pas non quand, arrivé devant l'hôtel, il plaque ses lèvres contre les tiennes, hâtivement, quand tu sens sa langue épaisse qui s'introduit et s'enroule dans ta bouche. Tu n'as embrassé qu'une fois dans ta vie – c'était dans le Vaucluse, l'été 2000, une éternité – mais tu te souviens que c'était doux, salé, que c'était un frisson, que ça épousait le rythme du souffle. Mais cette fois – peut-être parce que c'est un homme qui t'embrasse, et pas un adolescent de seize ans ? peut-être parce que c'est vraiment comme ça qu'il faut faire ? – cette fois respirer, non tu ne peux pas. Ta bouche à toi est pataude, tu ne sais pas comment faire, te dépêtrer, tu te dis : « Il doit penser que je suis nulle. » Si tu avais su ce que ce baiser préfigurerait ; si tu avais su que ce qui suivrait en serait l'exacte réplique, aurais-tu réagi autrement quand il te proposerait de monter ?

Là encore, tu ne dis pas non.

Tu ne dis pas non quand il t'effeuille, tout de suite, à peine arrivés dans la chambre, sans précaution, sans préambule, comme dans les films, penses-tu, quand les deux amants ivres de désir se précipitent et happent le souffle de l'autre – mais ce n'est pas comme ça que tu te l'imaginais. Tes gestes sont gourds, malhabiles, il va trop vite, tu aimerais qu'il ralentisse, tu aimerais lui dire « attends, c'est pas comme ça que je voulais », à un moment donné tu essayes, tu bredouilles, ou peut-être est-ce ton corps qui parle à ta place, sa raideur, sa façon de se fermer. J'ai oublié ce qu'il a dit, les mots exacts, mais il te fait comprendre que ça ne se fait pas de laisser un homme monter et ensuite de renoncer, *ça ne se fait pas*, une fille qui ne sait pas ce qu'elle veut, une fille qui n'assume pas – et tu le crois – « allez détends-toi un peu, t'es toute crispée, lâche-toi ». Tu repenses à ta première séance photo, à ta bouche trop crispée, au photographe qui te disait de te détendre. Alors te voilà bientôt sur le lit, en sous-vêtements, la chair de poule sur toute la surface de ta peau, parce que c'est la première fois qu'un homme te voit comme ça. Toi tu fermes les yeux, tu ne veux pas voir, tu ne veux pas voir son corps d'homme nu au sexe dressé, tu ne veux pas voir quand il enlève ta culotte et qu'il écarte tes jambes et qu'il regarde, toi-même tu ne regardes jamais cet endroit-là, trop honte, tu fermes les yeux et tu serres les dents quand tu sens, métalliques, les doigts la bouche et puis le reste, ça résiste un peu, bruits de latex humide et de frottements, il te dit « Tu es vierge ? », tu acquiesces, il s'ébroue ça l'excite encore plus, ça finit par rentrer mais je ne me souviens même plus de la douleur, je me souviens juste que tu ne bouges pas, que ça sent l'aftershave les draps d'hôtel et quelque chose de plus âcre, je me souviens que tu penses : « C'est dégueulasse un homme, c'est dégueulasse d'être moi, c'est dégueulasse mais c'est peut-être toujours comme ça, t'es trop conne allez vas-y détends-toi. »

Tu n'as pas dit non.

Pour de bon t'y voilà : dans la cour des grands.

Aujourd'hui (dialogue avec ma psy)

— Ça y est, j'ai écrit la scène.

— Vous parlez de celle qui raconte votre perte de virginité ?

— Oui.

— Et comment vous sentez-vous à présent ?

— Difficile à dire… J'ai l'impression qu'on n'y croit pas. Je veux dire, que c'est trop *gros*. Les ficelles sont trop grosses. La jeune fille qui se retrouve seule à Paris pour la toute première fois… qui se fait embobiner par un homme plus âgé qu'elle… c'est un peu cliché, non ? On dirait Cécile de Volanges aux mains de Valmont… Vous ne trouvez pas ?

— Mais pourtant, c'est ce que vous avez vécu, non ? Qui jugez-vous là ? Celle qui a écrit, ou celle qui a vécu ?

— Bonne question…

— Écoutez, ce que vous avez traversé, les sentiments que vous avez éprouvés, aucun critique littéraire ne peut le juger. Votre douleur vous appartient. Rien, absolument rien, ne peut vous l'enlever. Vous comprenez ?

13.

Je ne me souviens pas vraiment des jours qui ont suivi.

Je sais simplement que, pendant plusieurs semaines, au moins jusqu'à l'été, tu as vécu comme désaxée. À côté de ton corps. À côté de toi. Tu essayes d'abord de te raconter une histoire. Une histoire dans laquelle un homme plus âgé, élégant, un *conseiller culturel de Delanoë*, t'a séduite et t'a fait l'amour dans un hôtel. Une histoire dans laquelle, en une nuit, tu es devenue *une femme*. C'est cette histoire que tu raconteras à Anouck et Léa. Mais au fond de toi, tu le sais bien : il y a quelque chose qui ripe. Anouck le perçoit d'emblée. Elle te demande s'il a fait les choses « comme il fallait », s'il s'est soucié de toi, si tu étais à l'aise. Elle connaît trop bien la violence des hommes pour ne pas se méfier. Tu réponds que tout s'est bien passé, qu'il a été un vrai « gentleman ». Pas envie d'avouer qu'en fait c'était minable, que tu t'es fait avoir comme une pauvre fille. Pas envie d'expliquer, de te justifier. Pas envie, surtout, de faire *ta victime*, d'attirer encore l'attention sur toi, alors qu'Anouck a des problèmes bien plus graves à régler.

Alors, comme à chaque coup que tu reçois, quelque chose en toi se verrouille. Ton cœur ferme ses trappes. Et tant pis pour ce qui cogne encore à l'intérieur. Tant pis pour l'odeur d'aftershave qui te poursuit et remonte parfois comme un haut-le-cœur. Tant pis pour les images qui reviennent, son corps sur le tien, tes jambes écartées, le bruit de latex. Tant pis pour cette voix qui te rappelle à quel point tu as été misérable. Tu ne sais pas exactement ce que tu te reproches. D'avoir été trop coincée, trop maladroite, de ne pas t'être assez *lâchée* comme il aurait aimé. Ou de ne pas avoir sorti ce « non » qui te brûlait les lèvres. De ne pas avoir eu les tripes de refuser. Et c'est cet entre-deux qui te couvre de honte. Pas assez salope pour avoir fait de cette nuit une réussite. Pas assez claire avec toi-même ni avec lui pour que ce type soit légitimement considéré comme un porc.

Tu préfères donc oublier. À force de volonté, les souvenirs de cette nuit finissent par s'estomper. Les traits de l'homme à l'aftershave se floutent. C'était une première fois merdique, rien de très original à cela. Ce qui s'est passé n'est pas grave. Ce que tu ressens n'est pas grave. Tu oublieras.

Quelques semaines plus tard, un soir d'avril, sous les yeux ébahis de tes parents et toi, la gueule de l'extrême droite s'affiche sur l'écran de la télévision : pour la première fois de l'histoire, Le Pen est aux portes du pouvoir.

La semaine suivante, les trois quarts de ta classe sèchent les cours pour rejoindre la manif. C'est la première de ta vie. Je me souviens de cet après-midi-là, la foule, le printemps, les centaines de jeunes avec leurs sacs Eastpak et leurs baggys taille basse, je me souviens des pancartes ; « No Pasarán », « Non au F-Haine » ; je me souviens des cris scandés à l'unisson ; « Et F comme fasciste et N comme nazi ! », « Première / deuxième / troisième génération / Nous sommes tous / des enfants d'immigrés » ; je me souviens de l'élan, cette certitude d'appartenir à l'histoire, de faire un acte qui compte. Puis le cortège se délite. Vous vous retrouvez au Plan d'eau, une centaine de jeunes venus de la fac et des différents lycées de la ville. Même Vadim et Solal sont là. Le soir tarde à tomber ; sur la pelouse s'éparpillent des couvertures, des gobelets de bière, des djembés et des visages échauffés. Pendant qu'Anouck danse au rythme des percussions, tu restes légèrement en retrait : cette fête qui se prolonge, cette euphorie, alors que la France est peut-être au bord du désastre, tu te retiens d'y adhérer. Alors tu restes là, prostrée sur la pelouse, ta bière entre les mains. Tu aimerais être loin.

Et c'est là, soudain, que tu les aperçois. Derrière le kiosque à musique, au milieu des grappes de jeunes. Une chevelure châtain clair dans laquelle se plongent des mains reconnaissables entre mille. Léa, dans les bras de Tom Gavanel.

Tom et Léa. Tu te souviens, presque un an plus tôt, la soirée chez elle. Ce pressentiment en toi qu'un jour ça arriverait. Et les voilà. L'image de leurs ventres plaqués, de leurs profils qui se touchent, te surprend à peine tellement elle est évidente. Et pourtant, elle vient tordre quelque chose entre tes côtes. Comme des fils barbelés fichés sous l'épiderme. Plus tard dans la soirée, Léa te dira, avec ses mots à elle, des mots si soyeux que tu ne pourras même pas lui en vouloir. Elle te dira « ça fait plusieurs semaines que, je voulais pas te blesser mais, j'espère que tu ne » – et tu lui répondras, prenant bien soin de repousser les barbelés tout au fond de toi : « Je suis supercontente pour vous. T'inquiète pas pour moi, vraiment. Ce n'est pas grave. »

Quelques jours plus tard, sans surprise Chirac est élu, et l'ordre du monde retrouve son équilibre – ou presque.

C'est la dernière ligne droite avant les épreuves du bac. Tu t'y jettes tête baissée, cloîtrée entre les murs de ta chambre. Derrière la fenêtre, les jardins des lotissements fleurissent, les pelouses se tondent, les terrasses s'encombrent de géraniums. Toi, tu révises les accords de Yalta, Primo Levi et l'existentialisme, en tournant en rond dans tes dix mètres carrés. Oubliée la nuit à Paris foireuse, oubliés Tom et Léa et leur amour brûlant. Tu te concentres. Appliquée. Méthodique. Tes fiches soigneusement surlignées de feutres fluo te donnent l'illusion du contrôle. Mais tu ne vois pas encore qu'une part de toi est déjà en train de le perdre.

Car tout en travaillant, sans même y penser, tu manges. Ou plutôt tu bouffes. Tu engloutis. Tu avales paquets de gâteaux, barres de chocolat, bonbons par poignées, litres de Coca. Tu te remplis de dates historiques, de sucre, de citations, de sucre, de vocabulaire d'anglais, de sucre. À chaque fiche mémorisée, ta récompense. Ce goût sirupeux, régressif, qui coule dans ta gorge. Au début, c'est mécanique, inconscient, besoin d'énergie, de tenir le coup, besoin de ne pas sombrer. Comme si la bouffe pouvait te réveiller, te sortir de l'engluement qui te menace.

Mais tu finis par le sentir : ton corps qui s'affaisse. Tous les matins, au réveil, tu devines sur toi cette peau en trop. Le ventre, les cuisses, le cou. Tes contours se floutent. Et puis, il y a le reste : le bide tordu, les intestins en vrac, ton acné qui redouble. L'écœurement qui sue de tous tes pores. Constamment, à chaque instant, cette impression d'habiter une enveloppe hostile.

Un soir, alors que tes parents sont absents, tu te penches au-dessus des toilettes et tu enfonces tes doigts au fond de ta gorge. C'est une décision consciente, pesée. Cela fait même plusieurs jours que tu y penses. Tu sais très bien de quoi il retourne : Léa t'a déjà raconté plusieurs fois, cela faisait partie de ses techniques à l'époque, quand elle était anorexique. Et puis tu as déjà vu des émissions sur ce sujet. Des nanas capables de se faire vomir quinze ou vingt fois par jour, jusqu'à se cramer l'œsophage et se bousiller les dents. Loin de toi l'idée d'en arriver là. Mais tu te dis qu'une ou deux fois dans la journée, ça n'a rien de bien méchant. Alors tu tentes le coup. Tu aimerais sentir ce feu dans ta trachée. Dans ton cœur, l'adrénaline. Tu aimerais cracher tout ce qui croupit depuis des mois – les « petite dinde », les « trop faible », « pas armée », les « détends-toi t'es toute crispée », tous ces mots roulés en boule au fond de toi. Cracher Cédric et le poids de son corps sur le tien. Cracher Tom et Léa et leur bonheur qui t'arrache. Et puis le reste aussi. Anouck et son excellence et sa force que tu n'arriveras jamais à égaler. Ton père et ses espoirs qui t'encombrent. Cracher ton livre, ta petite renommée, cracher cette imposture que tu n'arrives plus à porter.

Tu croyais que ça serait facile de cracher. Mais ça ne l'est pas. Ton corps se rétracte, refuse d'obéir, comme pour empêcher le mal que tu vas lui faire. Un spasme, deux spasmes, et puis rien. Ce cri jamais poussé, acide, métallique, il restera dans ton estomac.

Tu aurais aimé que ton mal soit visible. Officiellement reconnu. Comme Léa quand son corps avait disparu. À défaut d'avoir une raison de te plaindre (toi qui as tout), la maladie aurait validé aux yeux de tous la souffrance qui t'habite. Mais l'absence de signe extérieur, de symptôme tangible, te confirme que décidément, tout ça c'est dans ta tête. Il n'y a rien de grave.

Rien de grave d'ailleurs, puisque tu tiens comme ça jusqu'aux épreuves. Même avec l'envie de crever muselée tout au fond de toi. Haut les cœurs : tous les matins, tu te lèves pour aller au centre d'examen. Tu es debout. Tu noircis tes copies avec une efficacité jamais égalée. *Connaissons-nous mieux le passé que le présent ?* Tu rends une dissertation de douze pages, sans doute la meilleure de ta vie.

Le matin des résultats, à ta stupéfaction, la mention « TB » s'affiche en face de ton nom.

Toi, la petite dinde. Contre toute attente, tu as réussi.

De cette période de mal-être, personne ne saura jamais rien. Moi-même, longtemps, j'ai oublié. J'ai balayé tout cela d'un revers de main, en pensant : « Ce n'était rien de grave. » Lubie d'adolescente. Simple crise passagère.

Mais aujourd'hui, je le sais : les barbelés sous ta peau, ils étaient bien là, et rien ne pourra les nier. Pas même tes succès extérieurs. Pas même ta jeunesse, et l'apparente sécurité de ta vie. Aujourd'hui, je le sais : ta douleur était légitime. Elle comptait bien plus que tu ne voulais le croire. Et si je le pouvais, je te prendrais dans mes bras, juste pour murmurer à ton oreille : « Tu as le droit. »

Troisième partie

Ce qui grandit

Années 2002 - 2004

« Ce talent de l'enfance qui a survécu
aux secousses du passé, ce talent,
ce tout petit talent, me faudra-t-il,
après-demain, enfin, le rendre ? »

Cécile Coulon, *Les Ronces*

14.

Maintenant, tu vis à Paris.

Tous les jours, tu te répètes ces mots : « Je vis ici. » Tous les jours, tu habites cette ville, et ton pouls se ranime.

Tu marches. Tu cours. Tu traverses des couloirs de métro, des tapis roulants, des rues, des boulevards, des places. Ton esprit se peuple de lieux nouveaux, des lieux dont les noms se graveront en toi pour toujours. Boulevard Malesherbes. Station Réaumur-Sébastopol. Rue Saint-Jacques. Châtelet-les-Halles. Passage du Commerce Saint-André. Gare de l'Est. Souvent au début tu te perds, tu bifurques, tu notes en avance les trajets en métro, les correspondances, tu traces au stylo les itinéraires sur le plan Michelin qui ne te quitte jamais. Et puis, peu à peu, tout cela te devient familier. Tu marches. Tu ne t'arrêtes pas. Dans tes oreilles il y a *Karma Police* de Radiohead, *À la faveur de l'automne* de Tété, *Crazy in Love* de Beyoncé. Dans ton sac il y a des livres de la fac, Catulle, *Lorenzaccio*, un précis de stylistique, et un Stabilo fluo. Dans le métro, sur les quais, dans les rames, tu lis, tu surlignes, tu fais du petit latin. Mais souvent aussi, tu rêves. Des mots commencent à rouler dans ta tête, comme des bouts de phrases qui s'effilochent et qui restent longtemps accrochées à toi. Tu sens que quelque chose se prépare lentement, qu'un jour ça va sortir de toi. Bientôt, tu le sais, tu écriras à nouveau.

Tu habites un studio, une ancienne loge de concierge au rez-de-chaussée de la rue Saint-Maur. Tu peux te le payer grâce aux droits d'auteur que tu as touchés en mai dernier. Tu mesures ta chance : tu as dix-huit mètres carrés, une mezzanine, beaucoup d'étagères pour les livres, une petite cuisine qui donne sur la cour. Tu fais tes courses au Franprix. Tu manges des spaghettis sauce tomate cerise, des œufs brouillés, des yaourts, beaucoup de yaourts, jamais de légumes frais. Tu as une télé qui ne marche pas bien. Le soir, tu te couches dans ton lit en mezzanine et tu lis jusqu'à minuit. Le matin, même le dimanche, tu es réveillée à l'aube par le ronronnement d'une machine à coudre – ton appart est mitoyen à une boutique de retouches – mais ça ne t'embête pas, tu te lèves, tu n'as pas sommeil, tu es en tension, parfois le week-end tu vas nager pour calmer tes nerfs, sentir les limites de ton corps, reprendre ton souffle.

Tous les jours, tu pars à la fac. Tu as cours boulevard Malesherbes, parfois porte de Clignancourt. Il faudra attendre la licence pour aller dans le Quartier latin tant fantasmé, pour être comme Sophie

Marceau dans *L'Étudiante*, écouter des cours magistraux dans l'amphi Richelieu et boire des cafés à L'Écritoire. Tes amphis à toi sont plus modernes, aseptisés. Les premières semaines, ils sont bondés et bruyants, et puis très vite ils deviennent clairsemés, et tu repères les visages de ceux qui tiennent bon, ceux qui resteront, ceux qui te deviendront familiers les quatre prochaines années. Tes profs de fac sont des pontes, ils ont écrit les livres que tu étudies. Beaucoup d'hommes, blancs, sexagénaires, alors que les trois quarts de l'amphi sont des jeunes filles. Tu te demandes ce qui se passe entre la première année de fac et le statut de professeur d'université pour que tant de femmes renoncent à leurs ambitions. Tu n'as pas encore entendu parler du « syndrome de l'imposteur », tu ne sais pas encore que le brio n'y est pour rien dans cette absence de représentativité, que c'est une question politique. Les professeurs sont froids, charismatiques, ils regardent avec un peu de mépris la masse de première année ignares que vous constituez. Mais toi, tu happes leurs mots, fascinée. Tu travailles beaucoup, tu apprends. Tu fais des dissertations, des explications de texte, tu décortiques, tu analyses, tu fais de l'ancien français, de la grammaire, tu apprends la langue et son système, tu apprends l'histoire littéraire, les théories critiques, les mythes, les liens entre les œuvres. Tu apprends ce que c'est, la littérature. Ces fils qui se tissent les uns aux autres. Et petit à petit tout s'éclaire, tout se relie dans ton esprit. Tu découvres des auteurs, des voix qui pour toujours te hanteront. Flaubert. Camus. Duras. Tu ne le sais pas encore, mais c'est là que, semaine après semaine, tu deviens celle que je suis.

Tu ne vois pas souvent Anouck. Elle est interne à Louis-le-Grand, et comme prévu elle travaille comme une dingue. Tu craignais de la voir méprisée par une bande de petits snobinards parisiens ; finalement, te dit-elle, elle est aux côtés d'élèves pour la plupart venus comme elle de province, brillants mais un peu timides et dégingandés. Elle ne vit pas la même vie que toi : à l'internat, elle est couvée, jamais seule, elle n'a pas à penser à la nourriture ni aux transports, elle vit en autarcie. Elle s'est trouvé une vraie maison, la première depuis un an, et tu ne peux que te réjouir de voir que, malgré la pression, elle est enfin en sécurité. Plusieurs fois, tu lui proposes de venir chez toi, vous iriez au marché comme dans vos rêves inspirés d'*Amélie Poulain*, vous mangeriez du poulet rôti dans ta petite cuisine, les doigts pleins de jus et le cœur léger. Mais tout ce qu'elle a à t'offrir, c'est quelques cafés de temps en temps dans le Quartier latin. Toujours elle esquive, pas le temps, elle a des disserts à terminer, elle est crevée, elle dort quatre heures par nuit, elle vivra plus tard. Elle te le promet : dans deux ans, quand elle sera à Normale Sup, tout sera différent, elle aura un salaire, vous vivrez en coloc, vous voyagerez, vous mènerez la grande vie. Mais en attendant, son temps est compté. Alors elle t'échappe. Et tu la laisses faire.

De ton ancienne vie, c'est surtout Éliane qui demeure, et dont même étonnamment tu te rapproches. Viens, passe, t'envoie-t-elle parfois par texto. Tu la vois tard le soir, après ses journées folles, quand ont cessé les allées et venues des coursiers et des clients. Dans son salon chamarré, vous restez là toutes les deux, vous fumez des cigarettes, vous buvez du vin blanc. Elle se confie, elle te parle des hommes qui ont traversé sa vie, des enfants qu'elle n'a pas eus, elle te parle de son métier, de l'éditrice qu'elle projette d'être un jour. Tu ne sais pas pourquoi elle t'a choisie, toi, pour devenir sa confidente. Tu ne sais pas mais tu es touchée, que cette femme qu'on dit redoutable te laisse voir ses fragilités, sa solitude, l'envers de son image. Au fond de toi, tu sais que cela ne durera pas, que votre relation est bien trop déséquilibrée, que ça ne tient qu'à un fil. Mais tu fais comme si c'était vrai, tu la laisses faire comme si tu étais un peu la fille qu'elle aurait pu avoir. Si tu étais vraiment honnête avec toi-même, tu avouerais que tu y trouves aussi un intérêt : en restant liée à elle, tu gardes un lien à ce monde qui t'éblouit toujours autant. Voilà un an que le *Premier Roman* est sorti ; le téléphone sonne moins, l'effervescence est passée, ta vie a retrouvé son anonymat. Alors, en allant rue Joseph-Bara, c'est un peu comme si tout cela se prolongeait encore.

À la fac, noyée dans la masse, tu n'arrives pas à te faire beaucoup d'amis. Mais un jour d'octobre, Rose apparaît dans ta vie. Rose est une Américaine de vingt-cinq ans, elle est venue à Paris sur un coup de tête, pour étudier un an à la Sorbonne. Tu la rencontres dans un TD sur Chateaubriand. Son accent te séduit, et surtout la facilité avec laquelle elle t'offre son amitié. Très vite, elle t'invite chez elle. Elle vit au-dessus des Deux-Magots, à Saint-Germain-des-Prés, dans une chambre de bonne de sept mètres carrés avec toilettes sur le palier, pas de fenêtre mais une trappe sous le toit qui s'ouvre avec une corde. Une corde qui pend. Comme une invitation au suicide. La première fois que tu vas chez elle, tu es sidérée, mais elle en rit. Elle en a vu d'autres, elle a voyagé partout, en Colombie, en Inde, au Pakistan, alors ce n'est pas une corde qui va lui faire peur. Tu l'invites souvent chez toi. Vous vous cuisinez des spaghettis sauce tomate cerise, en dessert vous mangez des pâtisseries de chez Pierre Hermé que Rose t'a fait découvrir, et parfois elle reste dormir chez toi. Rose a la peau noire, des yeux ronds, comme toujours étonnés, et une bouche immense qui tremble un peu quand elle est émue. Avant elle voulait être chanteuse d'opéra et puis un jour elle a craqué. Elle te fait rire très fort, quand elle se trompe de mots, qu'elle confond « conservateurs » et « préservatifs » (« Chez nous aux États-Unis, il y a des préservatifs partout dans la nourriture, c'est dommage ! »), quand elle parle de ses vibromasseurs, quand elle fait des grimaces avec sa bouche. Elle prend des médicaments, beaucoup de médicaments, elle te dit que sans eux sûrement elle serait folle. Tu l'aimes parce que son cœur est pur, parce qu'en elle il n'y a ni la séduction de Léa ni l'ambition d'Anouck, parce que pour la première fois tu vis une amitié sans compétition, parce que c'est simple et que c'est léger comme une eau qui coule.

De toutes tes amitiés, vingt ans plus tard c'est celle de Rose qui restera la plus intacte. Malgré les années qui passent. Malgré les cinq mille kilomètres de distance. Après avoir vécu mille vies, voyagé, être devenue prof de musique, puis libraire, puis finalement travailleuse sociale dans une association, Rose vit aujourd'hui à Toronto avec sa femme. Et derrière l'écran du téléphone, en chantant *Papageno* ou en tordant sa bouche dans tous les sens, c'est mes filles désormais qu'elle fait hurler de rire.

Au fil des mois, ta vie ici se tisse. Au gré des soirées, des lieux que tu traverses, des visages que tu rencontres. Des gens de la fac, des voisins, des amis d'amis. Plus tard aussi, des hommes.

Mais ce que tu apprends surtout, ici, à Paris, c'est la solitude.

Parfois c'est comme un vertige qui s'enroule dans ton ventre. On dirait un serpent. Mais ce n'est pas si désagréable que cela finalement. Cette solitude te sculpte ; elle te cisèle, elle te dit qui tu es. Loin du cocon molletonné de la maison de tes parents, tu découvres ce qui te compose. C'est seule que tu vas au musée, au théâtre, au cinéma. Parfois tu restes pendant des heures sans rien faire assise sur une chaise au Luxembourg, à regarder les gens passer. Et tous ces moments t'appartiennent. Ils ne sont qu'à toi. Tu voulais aller à Paris pour rejoindre d'autres qui te ressembleraient, pour toucher le cœur du cœur du monde. Mais tout compte fait, c'est toi-même que tu rencontres. Ici, c'est ton propre cœur que tu entends battre.

15.

Et puis un jour, tu es prête : d'un seul jet, tu écris les premières pages du *Deuxième Roman.*

L'histoire est celle de Marina, une jeune femme à la bouche difforme qui répond à la petite annonce d'un photographe nommé Jeffrey. Celui-ci cherche des « personnes à particularités physiques » pour sa collection privée : une galerie de portraits de « monstres ». Marina se prend au jeu : elle qui brûle de ne jamais avoir été aimée devient, sous les yeux de Jeffrey, une œuvre d'art. Le désir naît. Un désir brûlant et incompréhensible. Jeffrey fait de Marina sa maîtresse. Puis, petit à petit, sa prisonnière.

L'écriture de ce roman n'a plus rien à voir avec le premier. C'est laborieux. À chaque phrase, une extirpation. Désormais, quand tu écris, il y a comme un inquisiteur derrière toi. Un inquisiteur qui te dit : « pas assez bon » – « fade » – « cliché » – « sans intérêt ». Un inquisiteur qui te rappelle que, quoi que tu fasses, quels que soient les efforts que tu déploieras, ce deuxième roman ne sera jamais aussi bon que le premier. Que plus jamais ce ne sera aussi facile. Maintenant, on t'attend au tournant, on ne te ménagera pas, on sortira les griffes. Dans la cour des grands, te répètes-tu. Toi-même d'ailleurs, tu ne sais pas si tu seras capable du même exploit. Écrire un roman. Recommencer. Prouver aux autres, prouver à toi-même surtout, que tu n'es pas qu'une imposture.

Alors tu n'as pas le choix : tu travailles. Tu redoubles d'efforts. Tu empruntes à la bibliothèque des livres sur les monstres, sur la mythologie, sur les merveilles au temps du Moyen Âge. Ta tête se remplit de créatures difformes venues des profondeurs de l'âme, chimères, hydres, gorgones. Tu relis *Frankenstein, La Métamorphose*, tu regardes en boucle *Freaks* et *Elephant Man.* Tu prends des notes sur un cahier. Tu fais un plan, solide, construit comme le plan de tes disserts. Rien n'est laissé au hasard. Tu sais exactement où tu vas. Tu ne dévies pas. Mille fois tu doutes, tu entends l'inquisiteur, mais à sa voix tu lui opposes ton labeur et ta méthode. Il n'y a que de cette manière que tu parviens à le maîtriser.

Pour façonner le personnage de Jeffrey, le photographe, tu imaginais au départ le visage de Tom. Mais finalement, c'est un autre qui se superpose à lui. Un homme plus âgé, quadragénaire. Des cheveux sombres coiffés en brosse. Un parfum d'aftershave. Derrière Jeffrey, c'est Cédric désormais que tu vois. Pourtant, depuis près d'un an, les traits de son visage se sont brouillés. Tu ne sais même pas si tu pourrais le reconnaître. Souvent, depuis que tu es à Paris, tu penses à lui, à la possibilité de le croiser. Tu ne franchis jamais la porte d'Éliane sans te souvenir. Tu ne traverses jamais le boulevard du Montparnasse sans que ça remonte. Tes talons claquant sur le bitume. Sa main dans ton dos. Sa langue roulant dans ta bouche. Des images perçantes, pointues comme des éperons. Mais plus tu écris, plus Cédric se fond en Jeffrey, et moins c'est douloureux. Dans ce monde-là, c'est toi qui as les cartes en main. C'est toi qui contrôles, qui décides, qui dictes les événements. Alors tu fais de Jeffrey un homme médiocre et ridicule. Tu en fais un artiste raté, un pervers froid et sans talent. Et face à lui, tu donnes à Marina la hideuse une force flamboyante.

Tu prends ta revanche, exactement comme tu l'as fait avec le *Premier Roman*, quand tu as sublimé l'ado harcelée que tu étais au collège en une meurtrière qui étouffe son bourreau avec un oreiller. Cette fois, tu prends les traits de Marina, jeune femme sombre et ravagée, mais dont la laideur est triomphante. Cette gueule que tu ne pouvais plus supporter, affichée à la télé ou dans les journaux, cette gueule sur laquelle Tom n'a jamais posé ses yeux, tu lui donnes l'éclat du monstre. Tu l'enlaidis, tu l'exagères, tu la morcelles. Tu fais de Marina la muse vénérée que tu aurais aimé être, lolita disgracieuse, laideronne sensuelle. Tu ne t'en rends pas compte tout de suite, mais il y a aussi d'Anouck en elle. Dans sa chevelure de courtisane. Dans ses parures extravagantes.

Marina, sorcière et reine à la fois. Comique et tragique dans le même mouvement. Marina, ton double maléfique. Ta sœur.

Tu ne parles de ce roman à personne. Surtout pas à Éliane, qui pourtant parfois t'interroge – trop peur d'affronter son jugement, sa moue circonspecte, trop peur qu'elle te dise que ton idée n'est pas bonne.

Tu n'en parles pas à Anouck non plus. Trop de distance entre vous. Tu la sens, au fil des mois. Sa façon d'arriver systématiquement en retard à vos rendez-vous. Tes messages auxquels elle ne répond pas toujours. Sa fuite en avant. Tu sais qu'elle travaille d'arrache-pied, qu'elle appartient désormais à un autre monde que le tien – mais il y a autre chose. Cette fêlure entre vous, alors que ton roman connaissait le succès et que sa famille à elle se délitait, peut-être s'est-elle transformée en béance. Vous vous voyez au café. À n'importe quelle heure, Anouck prend une bière qu'elle boit en moins de deux. Tu regardes la bière diminuer dans le verre ; ton temps est compté. Vous ne parlez jamais d'écriture. Tu le sais : c'est là que couve, latente, votre compétition. Quelque chose que vous n'avez encore jamais nommé. Alors, tu parles plutôt de la fac. C'est rassurant, la fac ; face à une prépa à Louis-le-Grand, ça ne fera jamais le poids. Elle t'écoute, elle sourit, elle ne dit rien. Et puis, tu la laisses parler à son tour. Te raconter ses épiphanies, sa découverte de Foucault et de Deleuze, ses nuits à lire Racine, jusqu'à penser en alexandrins. Tu l'écoutes, tu souris, tu ne dis rien. Sans encore te le formuler clairement, tu perçois dans cet enthousiasme comme une pointe d'arrogance. « Et tes parents ? Tu as des nouvelles ? » te hasardes-tu parfois. D'un geste de la main, elle balaie la question. « Aucune. Je m'en fous. »

Bientôt l'année s'achève. Rose prépare ses cartons, elle va rentrer à Boston. Vous passez votre dernière soirée ensemble, à vous gaver de pâtisseries, à errer sur les quais en riant comme des gamines. Vous vous imbibez de Paris, des lumières qui tremblent sur la Seine, avec la conscience de vivre quelque chose qui pour toujours tremblera aussi en vous, aux heures futures de nostalgie. Promis, bientôt, tu iras la voir à Boston. Promis, elle reviendra en France dès qu'elle pourra.

Quand elle s'en va, soudain, la solitude se fait plus acide. Anouck non plus n'est pas là, elle passera comme chaque année ses vacances à Carnac. Tu rentres quelque temps à Metz, chez tes parents. Mais impossible d'écrire dans ce cocon qui t'assomme. Le temps de l'ascèse est venu. Tu retournes à Paris.

C'est un été brûlant. L'été 2003, celui de la canicule inaugurale. Celui où, pour la première fois, dans le silence et l'ébahissement, le pays étouffe. À la télé, les morts s'égrènent, millier par millier. On dit que c'est exceptionnel, que ça arrive une fois par siècle. Personne ne parle vraiment de réchauffement climatique. On s'indigne surtout de l'impréparation des autorités, de ce gouvernement en vacances qui prend les choses bien à la légère. On se rue sur les ventilateurs et les pains de glace. On ne sait pas encore ce qui nous attend. Vingt ans plus tard, chaque été, les quarante degrés à l'ombre, les rivières à sec, les forêts brûlées. Et toujours, la même hébétude face au désastre.

Ton studio est une fournaise. Tu y passes tes journées, stores baissés, ventilateur branché en continu. Tu ne sors qu'à l'aube pour te rafraîchir à la piscine. Tu nages, ton corps glisse et se sculpte, et en toi aussi les mots se sculptent, prêts à sortir dès que tu rentreras. Tu écris toute la journée, sans dévier des objectifs que tu t'es fixés, mille mots par jour au moins. Le roman prend forme peu à peu, les pages s'accumulent, tu avances sans regarder derrière toi. À la fin de la journée, tu es sonnée, la tête en vrille, les épaules contractées. Besoin soudain de sortir, de retrouver le poids du réel, de sentir ton corps se délier. Alors, à la nuit tombée, tu t'échappes.

Comme Marina qui répond à la petite annonce de Jeffrey, tu rencontres des inconnus. Des hommes qui t'ont abordée sur Internet. C'est Rose qui t'a donné l'idée. Elle a connu la plupart de ses amants comme cela. Sur un coup de tête, toi aussi tu t'es inscrite sur un site. Trop de désir en toi. Trop de tension accumulée. Envie d'oser, pour la première fois de ta vie.

Cet été-là, l'été de la canicule, tu portes des robes courtes, légères comme une caresse. Tu exhibes tes jambes fraîchement épilées. Tu te découvres sensuelle. Tant pis pour ton visage qui cloche, pour tes dents qui te complexent, pour ton acné qui germe au-dessus de tes lèvres. Tu mises sur ton corps, ton jeune corps de dix-neuf ans, énergique et velouté. Les hommes que tu rencontres sont tous plus âgés que toi. Vingt-huit, trente, trente-cinq. Ce sont des ingénieurs, des comptables, des consultants. Ils travaillent dans l'informatique, dans l'industrie, dans leur milieu souvent il y a peu de femmes. Tu choisis soigneusement leurs profils. Tu évinces d'emblée les visages trop beaux pour toi, les gueules de séducteurs qui de toute façon t'ignoreront. Tu cherches ce qui t'est accessible. Ce qui, une fois encore, est *à ta hauteur*. Tes premiers amants s'appellent Vincent, Malik, Stéphane. Des types ordinaires. Des types sympas. Avec eux tu bois des verres, tu manges dans des restaurants, tu vas au cinéma. Et puis tu les suis jusque chez eux. Tu ne tombes pas amoureuse. Tu ne jouis jamais. Mais tu apprends. Tu apprends que ton corps peut être désirable, que lui aussi a le droit de désirer. Tu apprends l'odeur des hommes, dans leur nuque sur leur torse sur leur sexe ; tu apprends leur corps, leur mécanisme, leur beauté et aussi parfois leur ridicule. Tu apprends et tu n'as plus peur. C'est l'été 2003, il fait une chaleur d'étoupe, et quand tu rentres de ces nuits tes talons claquent sur le sol – sauf que cette fois, tu n'as plus honte. Tu penses à Marina, à son audace, à sa force qui rutile. Tu croyais que c'était toi qui lui avais donné vie. Mais tu découvres que c'est elle, désormais, qui bat au creux de toi.

Aujourd'hui

Il y a quelques jours, j'ai rouvert le *Deuxième Roman.*

Cela faisait des années que je ne m'y étais pas replongée. Quand on me dit « il faut que je lise tes livres », je réponds toujours : « Celui-là c'est pas la peine. » Trop de critiques, trop de flèches, roman trop noir trop glauque, lecture à la limite du supportable. Alors je l'ai rangé, et je l'ai oublié.

À mon étonnement, l'horreur que j'y ai retrouvée n'est pas celle de mon écriture.

Ce n'est pas non plus celle de Marina, de son visage hideux et de son désir dévorant.

Non. L'horreur, celle que j'avais complètement effacée de ma mémoire, c'est ces pages où Jeffrey viole Marina.

J'ai entendu beaucoup de choses sur ce livre, mais c'est comme si le viol restait un point aveugle. D'ailleurs le mot n'apparaît même pas dans le roman. Il est innommable. Il n'existe pas. Moi-même, en écrivant, je ne me souviens même pas l'avoir conscientisé, m'être dit une seule fois : « Jeffrey viole Marina. » C'était en 2003. Bien avant MeToo, Harvey Weinstein et tous les autres porcs. C'était en 2003, à Paris, j'étais à la fac, j'écrivais un livre et je couchais avec des hommes, c'était parfois beau, lumineux, et parfois aussi c'était fade ou décevant – mais le viol ne me concernait pas. Le viol n'était pas mon histoire. Je n'avais donc pas à la raconter.

Mais aujourd'hui, je le vois. Je le vois, je l'écris, et pour toujours je l'inscris : Marina a été violée.

Marina a été violée, et même ses ambiguïtés, son envie d'être aimée, son absence de révolte n'y changent rien.

Aujourd'hui, pour la première fois je pardonne à Marina.

Aujourd'hui, je pardonne à la jeune fille de dix-neuf ans qui a écrit ce livre. Celle qui se pensait laide. Celle dont l'estime était si basse qu'elle faisait peu de cas de la violence qu'on pouvait lui infliger.

Aujourd'hui, je pardonne à ce roman car, dix-huit ans plus tard, j'en comprends enfin la force. Celle de m'avoir fait comprendre qu'en moi non plus, le monstre n'était pas celui que je croyais.

16.

La mère d'Anouck meurt en septembre.

Ce n'est pas Anouck qui te l'annonce : ce sont tes parents. Ils l'ont découvert dans le journal local. *Crime passionnel rue Wilson : il noie sa femme dans l'évier.*

La sidération.

L'incrédulité.

Entre tes côtes, un uppercut.

Tu repenses à cet appartement, tu repenses aux guitares électriques accrochées aux murs, aux posters de *Nevermind* et de David Bowie, tu repenses aux canettes de bière géantes superposées en pyramide sur le buffet, tu revois Anouck et toi dansant sur Daft Punk sur le petit balcon en plein milieu de la nuit – ce lieu de ton adolescence, ce lieu d'amitié et de folie, désormais scène de crime. Tu repenses à la mère d'Anouck, ses cheveux fauves et ses grands yeux café qu'elle avait légués à ses enfants, les clopes qu'elle se roulait en vous parlant de cul comme si c'était votre grande sœur. Tu repenses à son père, à sa voix caverneuse et au nœud dans ton ventre quand il était dans la même pièce que vous. Tu repenses au jour où Anouck t'avait raconté la première violence physique, juste avant la rentrée en terminale, aux flics qui avaient dissuadé sa mère de porter plainte, « réfléchissez, madame, avant de ruiner la vie de votre mari » – ignorant qu'à partir de là, c'était la sienne qu'ils condamnaient. À ces images, quelque chose s'embrase sous ton diaphragme. Un feu. Une rage. La prise de conscience que tout était déjà en germe, que c'était foutu d'avance, que tôt ou tard il allait la buter.

Impossible de joindre Anouck. Pendant des jours, des semaines, son répondeur se déclenche avant même la tonalité.

En toi ça bouillonne. Tu fais le pied de grue aux abords de Louis-le-Grand, tu l'attends en vain à la sortie. Tu vas à la rencontre d'élèves, tu demandes : « Vous connaissez Anouck Janowsky ? Elle est en khâgne. Vous savez si elle est là ? » Une fille te répond qu'on ne l'a pas beaucoup vue depuis la rentrée. Que l'an dernier, Anouck ne parlait jamais à personne ; qu'elle buvait de l'alcool dans sa chambre d'internat ; que peut-être même elle prenait « des trucs ». Bref, une fille paumée.

Tu retournes à la fac, et c'est irréel. Rose n'est plus là. Impression de vivre au-dessus de toi-même, au-dessus de ton corps, au-dessus de Paris. Rabelais, Diderot, Lamartine : le programme des cours te laisse indifférente. Tout glisse sur toi. Tu es groggy. Anesthésiée. Plus la force de répondre aux hommes qui te sollicitent sur le site de rencontres. Plus même la force d'écrire. Ton roman est quasiment terminé, tu sais qu'il te suffirait de quelques semaines de travail pour le boucler et le soumettre à Pascal Tisserand, qui trépigne. Au lieu de cela, tu le laisses prendre la poussière sur une clef USB. Absurdité, dit l'inquisiteur. Absurdité d'écrire un roman sur les monstres, quand le monde regorge de vrais. Absurdité, ta petite histoire de photographe tourmenté, quand dans la vie réelle des hommes font taire leur femme en les noyant dans des éviers.

Anouck réapparaît plus d'un mois plus tard, un soir de fin octobre. Irréelle, elle aussi. Un texto sur ton téléphone : Suis de retour à Paris. On va boire un coup ? Bisous. Comme si rien n'avait jamais eu lieu.

Tu la retrouves le lendemain dans un café.

Elle arrive avec trente minutes de retard. Tu as failli partir, et puis tu l'as vue débarquer, avec ses cheveux lourds, ses Dr. Martens et sa robe fleurie des années quatre-vingt-dix, écouteurs vissés sur les oreilles. Toujours la même, penses-tu, presque soulagée. Anouck la flamboyante. Anouck, royaume à elle toute seule. Sa force te semblerait presque intacte. Mais quand elle s'assoit à table, tu comprends aussitôt ta méprise : ses mains qui tremblent, ses yeux qui fuient. Elle te raconte. Dans ton ventre, de nouveau, l'uppercut. Anouck parle vite, elle ne s'arrête pas, elle déballe l'histoire comme si elle te racontait un film.

Elle boit une bière, deux bières. Il est dix heures du matin. Elle te dit que sa mère allait partir, c'était décidé, plié, elle avait trouvé un boulot, elle allait refaire sa vie ; quelques jours avant le drame, elle avait même repris contact avec elle et ses frères, elle leur avait envoyé un texto, et c'est comme ça que « le connard » avait su, en fouillant dans ses messages supprimés. Et puis bien sûr il est devenu fou, ils se sont battus – les policiers ont dit que le visage de sa mère était tuméfié, qu'elle avait reçu plusieurs coups dans le ventre et dans la tête – et à la fin il l'a prise par les cheveux et a plongé sa tête dans l'évier rempli d'eau de vaisselle, il l'a maintenue comme ça plusieurs minutes, jusqu'à ce qu'elle ne bouge plus. Et ensuite, on ne sait pas. Il a dû attendre là, pendant des heures, comme un con, avec sa femme morte dans l'évier. Le lendemain, il a fini par sortir. Il a promené le chien, acheté du pain et des cigarettes, et sur le retour il s'est arrêté chez les flics pour leur dire que le corps de sa femme était étalé dans sa cuisine et qu'il ne savait pas quoi en faire.

Anouck te dit qu'ensuite ç'a été rude, police, maison d'arrêt, morgue, autopsie, les obsèques quinze jours plus tard, les papiers, l'avocat, l'appart à nettoyer, elle te dit qu'heureusement Vad, Sol et elle sont soudés, qu'au moins dans cette famille de merde leur fratrie est infaillible ; elle te dit que sa grand-mère est remontée de Carnac, elle voudrait qu'Anouck vienne vivre chez elle maintenant, ça suffit les drames, il faut panser les blessures, il faut réapprendre à vivre, mais non pas question, elle va tenir bon, elle va rester ici à Paris et finir sa prépa et décrocher l'ENS, les profs sont au courant, ils lui laissent une deuxième chance, « tout va bien tout va bien », elle te répète ces mots en regardant ses mains, de toute façon elle avait déjà fait son deuil, elle savait très bien, elle était prête, et pour son père tant pis, qu'il crève en prison. La seule chose qui l'inquiète maintenant c'est si Vad et Sol vont tenir le choc, ils ont l'air costauds comme ça mais faut pas croire, Sol surtout, parfois il déconne, surtout en bagnole, il roule comme un taré et ça la fait vraiment flipper, « mais bon sinon à part ça tout va bien, tout va bien » – et soudain elle reprend son souffle, pose sur toi ses pupilles : « Et toi alors sinon ? Qu'est-ce que tu deviens ? »

Tu plonges tes yeux dans ceux d'Anouck, et pour une fois c'est toi qui ne trembles pas. Tu lui rappelles que tu es là et que tu l'aimes et que tu ne la lâcheras pas. Tu lui fais promettre de t'appeler au moindre vacillement. « Oui oui t'inquiète pas », te répond-elle. Elle sourit un peu. Elle n'est pas vraiment là. Tu donnerais tout pour la retenir, pour la garder près de toi, tu aimerais retrouver en elle le royaume que tu as connu, lumineux, intangible – mais c'est un champ de ruines. Il faut te rendre à l'évidence : tu ne suffiras pas à la réparer.

Pendant les mois qui suivront, tu ne verras quasiment plus Anouck. Des semaines entières sans avoir de nouvelles d'elle. Des dizaines de messages sans réponse. Et au milieu du silence, deux ou trois fois, sans prévenir elle rejaillira, te donnera rendez-vous, et tu la verras furtivement, chaque fois un peu plus sombre et rétrécie, chaque fois un peu plus loin de toi et de la vie que vous vous étiez imaginée.

De cette année 2003-2004, je ne me souviens que de cela : l'attente d'un fantôme. Des journées blanches. Comme la traversée d'un lent hiver. Des cours à la fac, des disserts, des trajets en métro, Radiohead Tété Beyoncé dans tes oreilles, des repas avalés seule, des McDo, des retours chez tes parents pendant les vacances et les week-ends où c'est trop lourd, où le serpent se serre un peu trop fort dans ton ventre, de temps en temps une soirée chez Éliane, un roman laissé en friche, et ces images qui reviennent, la mère d'Anouck la tête dans l'évier, ces images irréelles, pincez-moi, ça n'est pas arrivé – voilà à quoi ressemble la vingtième année de ta vie.

Jusqu'à ce soir de mars où ton interphone résonne au milieu de tes révisions, et où la voix d'Anouck ressurgit : « C'est moi. Je viens de laisser tomber Louis-le-Grand, je ne sais pas où aller. Tu crois que je peux rester un peu chez toi ? »

17.

Et soudain la voilà.

Anouck Janowsky, assise sur ton clic-clac.

Nul besoin de parler : tu sais déjà. Tu sais les efforts qu'il lui a fallu déployer pour cesser de s'agripper. Pour admettre qu'elle n'irait pas au bout. Tu sais l'arrachement que cela représente pour elle, l'orgueil qu'elle a dû ravaler, cet échec qui restera longtemps cloué quelque part en elle.

Tu ne lui poses aucune question. Tu déplies ton clic-clac, tu lui mets des draps propres, et tu la laisses dormir. Anouck s'écroule. Elle dort longtemps. Le lendemain matin, tu contournes son matelas sur la pointe des pieds pour aller te préparer, puis tu quittes le studio en fermant la porte derrière toi, sans faire de bruit. Quand tu reviens de la fac, vers seize heures, elle vient à peine de se réveiller. C'est comme si elle avait récupéré d'une traite ces centaines d'heures de sommeil perdues, toutes ces nuits de tension passées à lire ou à terminer des devoirs, à s'abrutir dans le travail pour oublier le drame de ses parents. Tu la regardes. Comme c'est étrange de la voir ici. Comme c'est étrange cette gêne soudain en toi, cette crainte de la froisser au moindre mot. Sous tes yeux, une orpheline. Tu te demandes comment, à sa place, tu pourrais tenir encore debout. Sans parents, sans maison, sans la moindre perspective d'avenir. Tu es inquiète. Terrifiée même. Tu as conscience d'assister à un moment de bascule. Une bifurcation. Peut-être même une déchéance. À partir de maintenant, l'histoire d'Anouck n'est plus celle que vous aviez imaginée. Un nouveau choc, un faux pas, et son destin pourrait prendre une direction totalement opposée à celle qui était prévue.

Alors, il va falloir que tu sois forte. Même si l'affolement te menace, tu resteras calme. Ne pas la brusquer. Ne pas la juger. Pour qu'elle s'appuie sur toi, il faut que ton cœur soit solide.

Les jours qui suivent, Anouck les passe à dormir et à regarder M6 en mangeant des céréales. Ses sacs restent fermés. Elle mettra une semaine à les ouvrir. Chaque soir, en rentrant de la fac, tu lui proposes de sortir, d'aller boire un verre, de prendre l'air sur les quais de Seine. Mais elle te dit non. Pas l'énergie. Pas même celle de tenir sur ses jambes. Elle te laisse réviser tes cours, et souvent, quand tu lèves les yeux de tes livres, tu la découvres déjà endormie sur le clic-clac. Parfois, tu te penches sur elle. Tu regardes son visage légèrement bouffi. Sa peau que les drames et l'alcool commencent déjà à faner. Qu'est-ce que tu es censée faire pour la sauver ? Tu n'en as aucune idée. Tu es là, tu tiens, tu attends. C'est tout ce dont tu es capable.

Et puis un soir, tu es surprise par une odeur de thym et de poulet rôti quand tu franchis le pas de la porte. Tu découvres Anouck debout dans la petite cuisine. Elle découpe la volaille qu'elle a achetée au marché avec des pommes de terre grenaille. Elle a ouvert une bouteille de vin rouge. Elle s'est habillée, pour la première fois depuis huit jours.

« Ça fait tellement longtemps qu'on en parle, de ce poulet rôti. Je te dois bien ça. »

Devant le repas, elle commence à parler. Elle te dit que la prépa, l'ENS, l'excellence scolaire, tout cela avait toujours représenté pour elle une vérité intangible. Une vérité qu'elle devait atteindre coûte que coûte. Mais depuis le drame, il n'y a plus de vérité. Ou du moins, c'est une autre qui l'a rattrapée : celle de sa mère noyée dans un évier de cuisine. « Alors impossible », te dit-elle. Impossible de lire, de travailler. Impossible même de penser. Impossible encore plus de préparer un concours, de se mettre en compétition avec des fils et des filles de, alors que pour toujours cette vérité-là est plantée en elle. Fichée dans sa chair comme un éclat de métal.

Elle te dit que maintenant elle ne sait plus rien. Que tout est blanc en elle. Nivelé. Et c'est peut-être cela qui est puissant. C'est peut-être pour ça qu'elle tient encore. Parce que tout est à reconstruire. Tout est à inventer. Alors tu commences à comprendre. Tu croyais assister à un effondrement. Mais ce qui est en train de se produire ce n'est peut-être rien d'autre qu'une naissance.

Anouck vit chez toi pendant trois mois et, bizarrement, c'est la période la plus lumineuse de votre amitié depuis l'époque de la rue Wilson. Trois mois, douze semaines, un printemps. Mars avril mai. Une parenthèse pendant laquelle vous menez la vie que vous aviez dessinée ce soir de juillet 2001, dans la véranda des Colleoni – ce soir où tu avais branlé Tom Gavanel, ce soir où ta passion s'était ramassée sur elle-même comme un ballon qui se dégonfle, et où tu t'étais tournée vers une autre quête : toi-même. Cette fois, vous y êtes, et c'est presque trop beau. Anouck et toi, ensemble. Libres de parents, de fantasmes amoureux, de succès ou de drames trop lourds à porter, libres du besoin de plaire ou de réussir à tout prix.

Au fil des semaines, Anouck se ranime.

La première chose qu'elle fait, après votre discussion autour du poulet rôti, c'est de prendre les antidépresseurs qu'un médecin lui avait prescrits après la mort de sa mère, et dont elle avait cru pouvoir se passer jusqu'ici. Fini aussi les bières à n'importe quelle heure de la journée, avalées parfois en douce, jusqu'au haut-le-cœur. Pour la première fois, elle l'admet : son problème avec l'alcool. Elle prend rendez-vous chez un psy, le premier venu dans le quartier. De ses séances, elle ne te raconte rien, c'est un territoire secret que tu ne cherches pas à connaître. Souvent, elle en sort assombrie, prise dans des pensées qui la tourmentent et avec lesquelles, tu le sais, elle doit se débattre seule. Mais un jour, elle revient en larmes. Tu n'as jamais vu Anouck pleurer. Immédiatement, tu le comprends : ce ne sont pas des pleurs habituels, ceux que l'on verse par tristesse ou frustration. C'est un spasme. Une torsion de tout le corps. C'est la violence qui sort d'elle par à-coups. Le lendemain, quand elle a retrouvé son calme, elle te raconte. Elle te dit ce mot qu'elle ne voulait pas entendre jusqu'à présent, mais que la thérapie lui a permis enfin de poser : « meurtre ». Elle te dit : « Mon père a commis un meurtre, et ce n'était pas un "crime passionnel". Mon père a tué ma mère parce que c'était une femme. Parce qu'il pensait qu'elle ne méritait pas de vivre et d'être libre. » C'est à partir de là que les choses changent pour Anouck. Qu'elle peut commencer à pardonner à sa mère. Qu'elle comprend l'emprise dont elle a été victime. C'est ce jour-là que quelque chose se lève en elle, la conscience d'un mécanisme qui dépasse l'histoire de ses parents, et qui raconte peut-être l'histoire de toutes les femmes. Et aujourd'hui, en écrivant ces lignes, je me souviens de ce que je dois aussi à cette révélation, bien avant l'apparition du mot « féminicide » dans les médias, et du triste décompte des femmes tuées par leurs conjoints : moi aussi, ce jour-là, avec Anouck, je suis devenue féministe.

Tu la savais forte ; tu la découvres puissante. Elle te le dit : « J'ai survécu à cela. Maintenant je peux survivre à tout. »

Jour après jour, tu la vois se réparer, sortir de son engluement. Elle retrouve la force de lire, de bouger, de respirer. La force, surtout, de commencer à réfléchir à ce qui l'attend à la rentrée. Intégrer la fac comme bon nombre d'échoués de prépa ? Rejoindre Solange à Carnac, apprendre le métier de costumière, ou devenir crêpière ? Aucune idée. Mais ce vertige ne l'inquiète pas ; c'est celui de tous les possibles. C'est le vertige qui précède les secousses : faire ce qui l'appelle, enfin.

Pour le moment, elle doit d'abord trouver de quoi gagner sa vie. La bourse au mérite qu'elle a obtenue après le bac ne suffira bientôt plus. Elle regarde les petites annonces, cherche sur Internet. Assez rapidement, elle trouve un job de répétitrice pour les trois enfants d'une famille qui vit dans le dix-septième. Tous les jours, à seize heures, elle va les chercher à l'école, les ramène et les aide à faire leurs devoirs. Elle ne voit presque jamais les parents ; les enfants l'adorent ; elle gagne trois cents euros par mois. C'est modeste, mais cela suffit à la remettre d'aplomb. Elle trouvera mieux plus tard.

Dès qu'elle rentre, à dix-neuf heures, sans attendre vous repartez.

Désormais, Anouck a envie de sortir. De sentir le pouls de cette ville qu'elle n'avait encore jamais eu le temps d'habiter. Alors tu l'emmènes. Chaque soir, vous vous étourdissez dans des bars, vous buvez, vous fumez, vous bouffez. Rien à foutre d'être raisonnables, de rester sobres et minces, de faire attention au fric. Tu vois Anouck recommencer à boire, mais tu ne dis rien ; tu penses que ce n'est pas grave, qu'elle est solide, qu'elle peut tout affronter. Tu la vois rire, tu la vois grandiose, dansant dans les rues de Paris comme elle dansait la nuit sur son balcon de la rue Wilson. Elle est comme ça Anouck. Extrême. Elle vit plus fort que les autres. Alors tu te laisses emporter. Tu dépenses tes droits d'auteur, sans tenir compte des conseils budgétaires de ta mère que tu as jusqu'à présent toujours sagement respectés. Tu vous offres des restaurants aux cuisines délurées. Tu lui fais découvrir ces lieux où les journalistes t'interviewaient il y a deux ans, des terrasses, des cafés, des bars d'hôtels. Tu l'emmènes au théâtre, aux caveaux de jazz, au concert, et pour rentrer tu payes des taxis. Ton compte en banque fond, mais tu n'y prêtes pas attention. Le lendemain matin, il arrive que tu sois trop crevée pour te lever, alors tu sèches les cours, tu te dis que tu les récupéreras. La vie t'attrape. Anouck est là, et tu sens que c'est là l'urgence. C'est cela qu'il faut vivre, maintenant, et sans nuances.

Votre amitié retrouve sa combustion. Ses rires, ses bonds, sa folie. Pendant trois mois, mars avril mai, vos cœurs se dilatent ensemble. C'est comme si vous repreniez une conversation laissée en suspens il y a longtemps. Et cette conversation te nourrit tellement plus que la fac, les cours magistraux et les grandes théories. Ta tête est en ébullition. Chaque sortie, chaque spectacle, chaque livre lu aiguise votre esprit. Vous devenez intraitables. Vous vous gaussez des mises en scène trop grossières, trop intellectuelles, ces déclamations artificielles, ces comédiens qui finissent nus emballés dans des films plastique ; souvent vous partez avant la fin en exagérant vos soupirs pour qu'on les entende bien. Vous ne tolérez plus les œuvres qui ne vous procurent pas immédiatement le moindre frisson. Cela devient votre credo : une décharge électrique, sinon rien. À côté, ce que tu apprends à la fac te semble insipide. Tu t'ennuies de ces dissertations convenues, de ces plans aseptisés en trois parties, de ces études stylistiques dépourvues d'âme. Tu veux autre chose. Quelque chose qui tremble. Anouck te fait découvrir Emily Dickinson, Sylvia Plath et, surtout, Virginia Woolf. Pour toujours, leurs mots frappés en toi. Pour toujours, leur puissance, leurs luttes, leur poésie. Vous vous dites : « Nous aussi, on veut être de ces femmes-là. Nous aussi, on veut compter. » La force d'Anouck te porte. Une fois encore, sous son impulsion, tu écris. En deux semaines à peine, tu mets un terme au *Deuxième Roman*, en donnant à Marina une fin triomphante et en achevant Jeffrey une fois pour toutes. Tu en as la certitude : avec elle, tu vas faire quelque chose de grand. Tu ne sais pas quoi encore, mais peu importe. C'est chevillé en toi. Vous avez tant encore à conquérir.

Mais dans ta joie de l'avoir retrouvée, tu ne veux pas voir.

Tu ne veux pas voir les fissures qui émaillent votre amitié depuis longtemps, et qui menacent bientôt de tout faire craquer.

Tu ne veux pas voir ses yeux qui s'obscurcissent parfois quand tu sors ta carte bleue, quand tu évoques ton éditeur, ou même quand tes parents t'appellent pour simplement prendre de tes nouvelles. Tu ne veux pas voir l'insolente facilité de ta vie qui la nargue malgré toi.

Tu te berces de l'illusion que vous êtes sœurs, que vos âmes vibrent à l'unisson, que vos routes sont parallèles. Tu ne sais pas encore qu'elles ne sont au contraire qu'à un croisement, que vos trajectoires vont bientôt s'inverser, et que c'est Anouck qui s'élèvera – tandis que toi, peu à peu, tu renonceras.

Entre nous deux (2021)

Recherche : Anouck Janowsky.

Et ma bouche qui s'assèche. Et mon souffle qui se suspend.

Je ne veux pas voir les articles qui s'affichent sur le moteur de recherche, encore moins les actualités. Pas prête encore. Un jour, peut-être, j'aurai le cran.

Je clique sur Images. Et là, aussitôt, un flot de photographies. Vision kaléidoscopique du visage d'Anouck, démultiplié en couleur et noir et blanc, de face ou de profil, avec frange, sans frange, neutre, souriant. À la fois même et autre. Familier, et étrangement lointain.

Il me faut quelques secondes pour réaliser. Mes yeux, mon cœur, écarquillés.

Je reconnais immédiatement ses yeux rusés, ses yeux café aux cernes plus bleuis. Et ses cheveux flamboyants, coupés plus courts. Je reconnais son style, les grandes robes colorées, cette extravagance héritée de sa grand-mère costumière, qu'elle n'a jamais cessé d'assumer. Son corps a changé. Il s'est arrondi franchement. Comme fier de prendre l'espace, de montrer qu'il est là, qu'il compte et qu'il est beau. Sur la peau, des dessins et des mots se déroulent. Je zoome. Discerne sur son épaule une Virginia Woolf dont le corps se prolonge en sirène. Sur son cou, un cactus et un poisson volant, comme dans l'affiche de son film préféré, *Arizona Dream*.

Et puis, le long de ses avant-bras, des lettres d'encre noire tracent ces mots que sans peine je devine : *Fille-grenade*.

Anouck.

Pendant des années, chaque fois que son nom est remonté jusqu'à moi, chaque fois que mes yeux ont failli le croiser, je me suis écartée. Non, ne me racontez pas. J'ai tout fermé, tout verrouillé. Non, taisez-vous, cela ne m'intéresse pas.

Mille fois j'aurais pu savoir. Un clic, et tout s'afficherait comme par magie : ses triomphes, ses échecs, ses amours, ses projets. Mille fois j'ai failli, mais chaque fois c'est comme un mur devant moi. La trouille au ventre à l'idée de voir ce qu'il y a derrière.

Alors je détourne les yeux. Je me regarde. Je regarde mon bureau sur lequel s'empilent les copies. Je regarde mon agenda affreusement vide, à l'exception de rendez-vous chez le pédiatre et l'orthophoniste. Je regarde mon corps qui a le même âge que le sien. Mon corps terni par les grossesses, les antidépresseurs, le manque de temps pour prendre soin de lui. Je regarde mon corps, à l'image de ma vie, et j'enrage. Tout cela c'est le rappel de ce que je n'ai pas fait. Des années qui ont coulé sur moi. Du choix de la facilité et du confort. Des luttes que je n'ai pas menées.

D'un geste sec, je rabats l'écran de l'ordinateur.

Tant pis. Une fois encore, je ne saurai rien de ce qu'Anouck Janowsky est devenue.

18.

Fin avril, ton manuscrit est bouclé. Tu l'as relu une dernière fois, imprimé, fait relier. Deux exemplaires : un pour Anouck, un pour Éliane. Tu veux leur avis, celui du cœur, celui de la raison, avant de le soumettre enfin à Pascal Tisserand.

Un soir donc, te revoilà rue Joseph-Bara avec le *Deuxième Roman* contre ta poitrine, aussi fébrile que ce jour où, quatre ans plus tôt, tu avais rencontré Chantal Hoffmann au fond d'une médiathèque. Mais cette fois, tu ne bafouilleras pas. Cette fois, tu es sûre de toi : tu as travaillé dur, tu y as mis tes tripes, tu n'as pas à en rougir. Alors ce livre, jusqu'au bout, haut et fort, tu vas le porter.

Mais dès que tu franchis la porte de l'appartement, tu perçois que le moment est mal choisi. Éliane est au téléphone, elle fait des allers-retours dans le grand salon, pieds nus sur le parquet, elle est furieuse. Quand elle raccroche, elle se sert un whisky et te dit que son assistante vient de poser sa démission, que cette petite conne s'est foutue en maladie le temps du préavis, bref elle est en galère, il lui faut quelqu'un en urgence la semaine prochaine.

Aussitôt, une idée lumineuse te vient à l'esprit. Tu n'as même pas besoin de réfléchir, c'est une évidence : Anouck. Tu lui parles d'elle, tu lui dis Louis-le-Grand, sa passion pour la littérature et ta confiance absolue en elle. Tu lui répètes : « C'est la personne la plus brillante que je connaisse. »

Éliane est perplexe. Si cette fille est si bien que ça, pourquoi a-t-elle lâché Louis-le-Grand en plein milieu de l'année ? Tu ne lui parles pas du meurtre. Tu lui dis juste, sa mère est morte. Un accident. Elle s'est noyée. Le visage d'Éliane reste de marbre. À peine un froncement des lèvres. Elle marque un silence, avale une gorgée et puis dans un soupir te lance : « OK c'est bon, fais-la venir demain matin, je verrai ce qu'elle vaut. »

Et d'un air un peu las, elle prend ton manuscrit.

Tu ne t'attardes pas. Tu connais Éliane, ses coups de sang qui la rendent redoutable. Tu te dis que ce n'était pas le bon jour, que tu n'y es pour rien dans son agacement, tu te dis que son mouvement d'humeur ne présage d'aucune sorte de l'avis qu'elle se fera de ton roman. Et tu cours retrouver Anouck pour lui annoncer la nouvelle.

Tu dois répéter tes mots dix fois. Elle te dit « merci, merci », elle te prend dans ses bras, elle s'affole, qu'est-ce qu'elle va bien pouvoir dire à Éliane demain matin ? Comment va-t-elle s'en sortir, elle qui n'y connaît rien au monde de l'édition, elle qui n'a aucune expérience ? Tu lui dis : « Ne t'en fais pas, sois exactement toi-même, elle te fera confiance, elle t'apprendra. » Tu lui tais ta seule crainte : qu'Éliane la rudoie, comme elle a rudoyé les jeunes assistantes que tu as vu défiler dans son bureau, et qui ont toutes fini par craquer les unes après les autres.

Le lendemain matin, alors que tu es en cours, tu reçois deux textos quasi simultanément :

Anouck : Ça s'est très bien passé, Éliane vraiment charmante, je suis prise à l'essai ! Merci copine ;-)

Éliane : Vu ton amie. Brillante en effet. Elle ira loin. Bises.

Tu réponds à chaque message par une expression d'enthousiasme. Mais toute la journée, quelque chose t'importune, infime et nuisant comme une poussière dans l'œil.

Tu ne peux pas encore le savoir, mais c'est une intuition. Le pressentiment qu'en liant Anouck et Éliane, tu t'es mise toi-même hors jeu.

Aussitôt, Anouck redevient insaisissable. Elle part tôt, rentre tard, plus le temps de sortir le soir après le boulot : Éliane fait son initiation. Anouck l'accompagne partout où elle va, rendez-vous avec les éditeurs, interviews, plateaux télé et radio. Du jour au lendemain, la voilà à son tour projetée dans ce monde qui t'avait ouvert ses portes il y a trois ans. Mais contrairement à toi, Anouck ne se laisse pas béatement charmer. Du moins, elle n'en laisse rien paraître. Partager un taxi avec le dernier prix

Femina ; arpenter les couloirs de France Inter pour accompagner un essayiste ; croiser des sommités dans le salon d'Éliane – tout cela, elle n'en revient pas. Mais cet émerveillement de transfuge de classe, elle le sait : il faut prendre soin de ne jamais le divulguer. Elle travaille dur ; elle apprend vite. La nuit, elle lit les livres des auteurs qu'elle doit rencontrer, pour ne pas, te dit-elle, se retrouver « comme une idiote devant eux » – tu repenses à la fois où tu avais rencontré Andrée Chedid sans avoir aucune idée de qui elle était ; tu repenses à cette expression, « petite dinde », qu'Éliane t'avait un jour attribuée. Et si, pour l'heure, le rôle d'Anouck se limite à réserver des taxis et à rédiger des communiqués de presse, elle a déjà parfaitement compris quelle position adopter, comment se montrer déférente sans tomber dans la flagornerie, rester discrète tout en faisant mouche quand il le faut. Bref, manier l'art d'exister dans ce milieu devant lequel tu t'abaisses encore avec servilité.

Bien sûr, tu le sais : ce n'est pas le moment, ni pour Anouck ni pour Éliane, de prendre le temps de lire ton manuscrit et de te faire un retour minutieux. La période est chargée. Tu seras patiente. Quand tu croises Anouck le matin, tu te gardes bien de lui en parler. Tu te concentres sur tes partiels de fin d'année, tes dissertations, tes fiches de grammaire, ton ancien français. Dans les couloirs de la fac, tu prends des cafés, tu discutes avec des étudiants qui se projettent déjà dans le CAPES et l'Éducation nationale, et tu te demandes ce que tu fais là. Tu penses sans arrêt à l'appartement de la rue Joseph-Bara. L'image tourne en boucle. Anouck, Éliane, bossant ensemble. Ce monde-là. Loin de toi.

Un jour, tu envoies un message à Éliane :

Salut, je sais que tu es bien prise en ce moment, mais je me disais qu'à l'occasion on pourrait boire un verre ? Peut-être même avec Anouck ? Qu'en dis-tu ? Je t'embrasse.

Pas de réponse.

Un autre jour, alors que tu n'as pas cours et que tu es seule dans le studio, tu t'aventures près des affaires d'Anouck. Sous le tas d'épreuves et de livres fraîchement parus, tu retrouves ton manuscrit. Un marque-page au milieu du quatrième chapitre. Comme si la lecture avait été suspendue, puis oubliée.

Pendant les semaines qui suivent, ton esprit se recourbe. Tu es persuadée qu'Anouck te fuit, qu'elle esquive, qu'elle bat en retraite. Tu vois dans ses retours tardifs, dans sa façon appuyée d'exprimer sa fatigue, des excuses pour ne pas avoir à te parler. Une fois même, tu retrouves dans l'historique de ton ordinateur des recherches pour une location immobilière. Anouck ne t'en avait jamais parlé. Tu savais bien que ça finirait par arriver, qu'elle ne dormirait pas éternellement sur ton clic-clac. Et pourtant cela te fait l'effet d'une claque. Comme si tu venais de déjouer une ruse.

C'est évident : Éliane et Anouck prennent soin de t'éviter.

Dans ton ventre, le serpent resserre sa constriction. Jour après jour, cela monte en toi avec une certitude affûtée : quelque chose entre elles est en train de se nouer. Et tu n'en fais pas partie.

Un dimanche matin, tu te lèves à l'aube pour aller nager. Mais quarante longueurs de crawl à la chaîne ne suffisent pas à calmer les pensées qui s'empêtrent dans ta tête. Tu rentres, Anouck est levée, elle prend son petit déjeuner, les yeux plongés dans les épreuves d'un livre à paraître. Et là d'un coup, ça sort de toi.

— Maintenant, s'il te plaît, dis-moi. Tu en es où avec mon roman ?

Anouck prend une grande inspiration.

— OK.

Elle sort le manuscrit de sa pile, le marque-page toujours planté au tiers, et te le tend d'un air contrit.

— Je suis désolée. Vraiment. Je n'ai pas pu aller au bout.

— Pourquoi ?

— Parce que Marina me ressemble trop.

Et devant tes yeux interdits, elle t'explique ce malaise qui l'a envahie tout au long de la lecture. Elle te dit : « J'ai essayé, je te jure, de continuer, de prendre de la hauteur. Mais rien, impossible. C'est comme si tu nous avais fusionnées en elle toi et moi. » Elle te dit tout ce que ce texte a fait remonter en elle, l'image de son père la traitant de mocheté, d'imbaisable, elle te dit ce sentiment qu'elle a étouffé pendant tant d'années, sous ses airs de fille sûre d'elle : celui d'être elle aussi une anomalie, d'être dégueulasse et monstrueuse. Alors voilà, au fond c'est sûrement bon signe, ça veut dire que le livre fonctionne, que l'effet escompté est atteint. Mais pour elle, c'était à la limite du supportable. Il lui faut un peu de temps. Peut-être quand le livre sera publié.

Tu ne sais pas quoi répondre. Ou plutôt si : tu t'excuses.

Tu es désolée si elle a eu l'impression de se retrouver en Marina. Si elle s'est sentie offensée, piégée. Ce n'était pas conscient de ta part. Tu comprends. Tu ne lui en veux pas.

Mais au fond de toi, les mots d'Anouck s'incrustent. Presque vingt ans plus tard, je n'ai rien oublié de leur morsure.

Vous restez silencieuses un moment. Et dans ce silence, ton cœur cogne car tu sais que sa réponse n'est pas complète, que tu as encore une question à lui poser.

— Et Éliane ? Elle l'a lu ou pas ? Vous en avez parlé toutes les deux ?

Anouck se lève. Baisse les yeux. T'échappe à nouveau.

— Écoute, pour cela il faudrait que tu voies directement avec elle.

— Comment ça ? Elle t'a dit quelque chose, c'est ça ? Hein, dis-moi !

— Non, s'il te plaît, ce n'est pas à moi de…

Tu la supplies. Tu la presses. Ton souffle s'accélère, tes yeux s'affolent. Tu lui promets que tout va bien, que tu es calme, prête à tout entendre, tu lui dis :

— Allez, vas-y, arrache le pansement, maintenant c'est trop tard.

Alors elle y va. D'un coup. Sans fioriture.

— Éliane n'a pas aimé.

Les mots d'Anouck sont froids, cliniques. Elle répond à toutes les questions que tu lui poses. Tu veux tout savoir, les moindres détails. Elle te dit qu'elles en ont parlé un soir, il y a environ une semaine. Elle aurait aimé ne pas s'en mêler, mais Éliane lui a demandé son avis. Elle n'avait pas le choix, c'est trop délicat, Éliane est sa cheffe, elle était piégée. Alors voilà. Elle te raconte.

Pendant tout le temps où elle te rapporte ses propos, tu visualises parfaitement la scène. Éliane et Anouck dans le salon de l'appartement de la rue Joseph-Bara. Le verre de whisky posé sur la petite console à côté du fauteuil en cuir blanc. Tu vois Éliane, son visage sculpté, ses boucles folles, sa bouche légèrement boudeuse. Ses yeux qui roulent quand elle s'exclame : C'est une merde.

Comme Anouck, Éliane n'est même pas allée au bout. Dès les premières pages, elle a compris.

Mal écrit. Bavard. Sordide. Jamais personne ne lira ça.

« Dis, entre nous Anouck, tu peux me dire la vérité maintenant. Qui a réellement écrit le *Premier Roman* ? C'est son père, peut-être ?… À moins, mais oui, évidemment ! À moins que ce ne soit toi ? »

19.

Ce moment que tu redoutes depuis trois ans, le voilà, il est arrivé. La fin de ton triomphe.

Ce matin-là, le sommeil et la faim te quittent d'un coup. Tu mettras trois mois à les retrouver. Ton corps devient un territoire où tout se tasse et se rétracte. Tu as vingt ans, et tu te rencognes. Tu t'assèches. Pour la première fois, l'aigreur de l'échec t'envahit.

Tu ne perçois pas tout de suite la trahison. De même que la colère. Elle mettra du temps à se lever. Comme chaque fois que tu reçois un choc, comme avec Cédric deux ans plus tôt, ta première réaction est de t'en vouloir à toi-même. Éliane et Anouck sont celles qui savent. Elles sont brillantes, aguerries, elles dictent ce qui est bon et ce qui ne l'est pas. La vérité ne peut exister qu'à travers elles. Et cette vérité est là. Ton roman est raté. Ce verdict a retourné la honte du monstre contre toi-même. Désormais, c'est toi l'abjecte, l'indigne, la répugnante, capable par les mots de provoquer l'écœurement.

Pendant des jours, tu harcèles Anouck, qui fuit d'autant plus.

— Qu'est-ce que je dois faire à ton avis ? lui demandes-tu. Tout reprendre à zéro ?

— Je ne sais pas... Peut-être devrais-tu attendre un peu, prendre du recul... Tu n'as que vingt ans. Tu as le temps de trouver ton propre style.

Mais cela, tu ne peux pas l'entendre.

Le *Premier Roman* est sorti il y a bientôt trois ans. On t'attend. Si tu tardes trop, on t'oubliera. Si tu tardes trop, tu vieilliras, tu louperas le coche, et plus personne ne s'intéressera à toi. Hors de question d'abandonner ce qui t'a été offert. Tu t'accroches, tu t'agrippes, tu t'arc-boutes. Ce roman, c'est la seule façon pour toi d'exister.

Tu essayes en vain d'appeler Éliane, tu lui laisses des messages, innocents d'abord, « Salut ça va je voulais juste prendre de tes nouvelles », puis de plus en plus désespérés : « Écoute Anouck m'a tout dit, je sais que tu n'as pas aimé mon texte, est-ce qu'on pourrait au moins en parler ? Je suis complètement perdue, je suis sûre que tes conseils pourront m'éclairer, tiens-moi au courant, je t'embrasse. »

Aucune réponse.

Anouck dit que cela ne sert à rien d'insister. Qu'en ce moment elle est débordée. Au fond, tu le sais : elle t'a évincée, comme elle en a évincé bien d'autres avant toi, à la moindre révélation d'incompétence.

Le dernier jour de mai, un vendredi soir, tu rentres de la fac et quand tu pousses la porte du studio,

Anouck fait ses valises. Elle te dit qu'elle a trouvé une opportunité, un journaliste ami d'Éliane qui lui loue sa chambre de bonne pour un prix dérisoire, c'est un petit meublé dans le 15e, elle part demain matin.

Tu dis : « Je ne comprends pas, pourquoi tu pars brusquement comme ça, dis-moi, y a un truc qui cloche, hein, pas vrai ? » Anouck nie : « Mais non qu'est-ce que tu racontes, enfin tu te doutais bien qu'un jour ou l'autre ça arriverait… » Mais à ses yeux qui te fuient, tu comprends que ce n'est pas tout : elle aussi, elle est en train de t'évincer. Ton rythme cardiaque s'emballe, tes yeux oscillent, et tout à coup ça sort de toi. Les mots se renversent, tu ne peux plus les arrêter. « Oh mais si, j'ai bien vu, depuis que tu travailles chez Éliane c'est plus pareil, elle a dû te retourner le cerveau contre moi, te dire à quel point j'étais idiote, "une dinde", j'ai bien vu je ne suis pas totalement aveugle, depuis un mois tu m'évites tu me snobes tu me prends de haut, oui c'est ça, tu me prends de haut, et maintenant tu t'en vas, comme ça, du jour au lendemain, sans même me prévenir ; et je sais déjà comment ça va se passer, comme quand tu étais en prépa, tu répondras à mes messages une fois sur trois, tu ne me calculeras même pas, voilà c'est clair j'ai compris ; et parfois je me demande si en fait ça t'arrange pas, hein, qu'Éliane m'ait descendue, je me demande si ça t'a pas fait un tout petit peu plaisir quand même que je me casse la gueule – parce que si tu avais été une amie jamais tu ne te serais mêlée de ça, jamais, tu aurais pris de la distance, tu aurais eu du tact, tu m'aurais soutenue, mais non, au lieu de ça non seulement tu l'as laissée faire, mais en plus en me rapportant ses mots tu as été en quelque sorte sa *complice*, et en fait, oui, je vais le dire, tu m'as trahie, tu m'as vraiment trahie là, et au fond je me demande même si ce n'était pas en germe depuis longtemps, si tu n'attendais pas que ça finalement, allez, avoue, je me trompe ou pas ? »

Tout au long de ta logorrhée, Anouck ne dit rien. Elle continue de plier calmement ses habits, visage fermé, tandis que le tien se déforme et crache sa rage. À la fin, tu es pantelante, tes doigts se crispent autour du dossier d'une chaise, tu as envie de hurler, mais Anouck ne t'offre aucune prise. Elle reste de marbre. Tu attends, tu reprends ton souffle, dix secondes, vingt secondes, rien, aucune réponse, ça fait comme un craquement en toi, une décharge, tu balances la chaise par terre, si tu pouvais tu aurais fait pareil avec sa valise, et puis tu t'en vas, sans même la regarder, tu claques la porte derrière toi.

Tu passes la soirée à marcher, à traverser des rues et des couloirs de métro, tu marches à grandes enjambées, tu fends les foules, tu te cognes, tu serres les poings, jusqu'à sentir ton cœur ralentir. Mais quand ta colère s'émousse, c'est autre chose qui prend place. La honte. La honte se met à t'étouffer. Tu sais que jamais Anouck ne te pardonnera ce coup de sang. Qu'elle est bien trop intègre, bien trop entière pour cela. Tu essayes de l'appeler, cinq fois, dix fois, tu lui laisses des messages, « Pardonne-moi j'ai vrillé je n'aurais pas dû je suis trop conne » – mais rien : sans surprise elle ne te répond pas.

Quand tu rentres, la nuit est tombée. La porte est ouverte : l'espace d'une seconde, tu crois qu'Anouck est encore là, qu'elle t'attend et que vous pourrez parler. Mais le studio est vide. Propre, rangé. Les affaires d'Anouck ont disparu, comme si elle n'avait jamais habité ces lieux.

Le serpent s'enroule à l'intérieur de toi. Tu aimerais vomir, pour le sortir de toi.

Sur la table basse, tu découvres le double de tes clefs, et un mot :

> Tu as raison.
>
> Ce n'est plus possible pour moi de vivre avec toi. Depuis que je travaille avec Éliane, je me sens oppressée. Et ce qui vient de se passer n'a fait que confirmer cette impression.
>
> Notre amitié a été un cadeau lumineux, surtout au moment où je n'étais plus qu'une ombre. Je t'en remercie.
>
> Mais je ne souhaite pas avoir quoi que ce soit à te devoir.
>
> Et surtout, je ne tolérerai plus jamais aucune violence à mon égard.
>
> Je te souhaite le meilleur.
>
> Anouck.

Aujourd'hui (dialogue avec ma psy)

— J'ai encore rêvé d'Anouck cette semaine. Le *Deuxième Roman* avait été adapté au cinéma. J'étais invitée à la projection. À côté de moi, il y avait mes parents, Éliane, et Tom aussi, nous étions encore ensemble. J'étais très fière. Je me sentais réhabilitée. Comme si on m'avait donné une deuxième chance.

– Et ce film alors ? Vous l'avez vu dans votre rêve ?

— Mieux que ça : j'y suis entrée. Comme si j'avais traversé l'écran. C'est Anouck qui avait le rôle de Marina. Elle était là, sous mes yeux, à prendre la pose avec ses habits extravagants. Au début, je me demandais qui jouait Jeffrey, pourquoi je ne le voyais pas. Jusqu'à ce que je me rende compte finalement que c'était moi.

– Vous voulez dire que c'était vous, le méchant de l'histoire ? Le créateur qui retient sa muse prisonnière ?

— Oui, c'est cela. Il n'y avait rien de sexuel dans mon rêve. Mais je sentais cette tension. Cette envie de la retenir à moi, de ne pas la laisser *m'échapper.*

— Pourtant, vous êtes loin d'avoir été un monstre avec elle... Vous l'avez hébergée, aidée à trouver du travail... Alors, que vous reprochez-vous ?

— Comme Jeffrey avec Marina, j'ai été possessive. Je crois qu'une part de moi redoutait de la voir prendre son envol. Parce qu'au fond, je savais déjà.

— Vous saviez quoi ?

— Qu'elle deviendrait une bien meilleure créatrice que moi.

20.

La dernière fois que tu vois Anouck, c'est en janvier 2005.

Après huit mois de silence, alors que tu pensais ne jamais la revoir, tu reçois un texto : Peut-on se voir à l'occasion ? J'aimerais te parler. J'espère que tu vas bien. Anouck.

Tu arrives au rendez-vous les mains moites, le cœur chancelant – mais prête à ne rien en laisser paraître. Tu te drapes dans une confiance d'apparat. Tu veux donner l'illusion que tout va bien : votre amitié, c'est bon, maintenant tu en as fait le deuil.

Ces derniers mois, tu as appris à vivre sans elle. Pour cela, il t'a fallu déployer une énergie jamais égalée dans ta vie. Des jours de larmes. Comme dans les comédies romantiques, quand l'héroïne se fait larguer. Jamais tu n'aurais cru possible qu'on puisse vivre cela pour une rupture d'amitié. Ce n'est pas ce qu'on t'avait appris. Tu te figurais que seul un garçon pourrait te mettre un jour dans cet état-là. Et pourtant. C'est cela, exactement, que tu as traversé, l'année de tes vingt ans : des larmes pour une amie perdue.

Tu as pleuré pendant dix jours. Et puis, un matin, tu t'es levée, et c'était là : la certitude que, même sans elle, tu pourrais encore continuer.

Alors tu t'es forcée. Un pas après l'autre. À retourner à la fac. À passer tes examens. L'été venu, tu es retournée chez tes parents. Tu as dormi, longtemps. Tu t'es pelotonnée sous le silence lénifiant de la maison et du lotissement engourdi. Tu as suivi ta mère dans les galeries marchandes ; tu as suivi ton père dans les rayons des librairies. Un pas après l'autre. Avancer. En septembre, tu es retournée à la fac et, dans un geste un peu désespéré, tu as quand même envoyé ton manuscrit à Pascal Tisserand. Tu n'attendais presque rien, persuadée qu'Éliane s'était déjà fait une joie de l'avertir de ta lamentable déchéance. Mais quitte à perdre tout ce qui faisait le sel de ta vie, autant aller au bout.

Il te répond à peine une semaine plus tard et, à ta stupéfaction, il accepte de te publier à nouveau. Sans réserve ; sans hésitation. Au téléphone, il balaye toutes tes craintes d'un air presque goguenard : « Bien sûr qu'on publiera ce livre. Bien sûr qu'il va se vendre. Bien sûr, les lecteurs sont si nombreux à vous attendre. » Alors, bien sûr, tu le crois.

La perspective d'une publication t'insuffle une nouvelle énergie. Et c'est avec elle que tu arrives au rendez-vous d'Anouck ce jour-là de janvier : prête à lui montrer qu'elle et Éliane s'étaient trompées. Que tu es encore debout.

Tu arrives à la terrasse du café avec vingt minutes de retard, comme un pied de nez vengeur, n'ayant rien oublié de toutes les fois où c'est elle qui te faisait poireauter. Effet réussi : elle t'attend. Elle est là, assise à sa table, les cheveux noués derrière un bandeau noir. Elle porte un sweat immense, une jupe longue de bohémienne, et des Converse un peu bousillées. Devant elle, un verre de blanc déjà bien entamé et un ordinateur portable sur le clavier duquel elle tape avec décision.

Tu t'approches d'elle. Elle se lève, elle t'embrasse énergiquement. Sa gaieté te désarçonne. Tu baisses les yeux. Tu te croyais triomphante, mais tu balbuties, tu joues avec ta serviette en papier. Tu parles vite, tu te dépêches de finir tes phrases, comme par peur de l'ennuyer. Tu évoques rapidement la fac, tes cours de licence, les livres que tu étudies. Mais tu finis par le plus important : ton livre. Le *Deuxième Roman* sera finalement publié. Pascal Tisserand te soutient, il y croit vraiment. Le livre sortira en septembre, à la rentrée littéraire. Et bien sûr, hors de question que ce soit Éliane qui s'occupe de la communication – tu l'as expressément demandé.

Tu lui as annoncé tout cela d'un air un peu solennel. Peut-être même avec une légère condescendance. Avec l'espoir qu'elle comprenne ton message à peine caché : « Tu vois. Éliane et toi, vous vous êtes bien plantées à mon sujet. »

Quand tu as fini, et que sous tes doigts la serviette en papier n'est plus qu'un lambeau, tu relèves les yeux vers elle, réunissant tous tes efforts pour paraître inébranlable.

Et c'est là qu'elle te dit, avec un sourire et une douceur qui te désarment : « Sophie, vraiment, tu sais, je te demande pardon. »

Tu avais raison, te dit-elle : elle aurait dû immédiatement couper court à la conversation le soir où Éliane s'était mis en tête de te détruire. Ou du moins, elle n'aurait pas dû te répéter ses mots. Elle le regrette. Elle te dit qu'elle a donné sa démission à Éliane au début de l'été dernier. Qu'elle ne pouvait plus travailler avec elle après tout ce qui s'était passé. Toi aussi, tu fais bien de refuser dorénavant toute collaboration avec elle. D'après ce qu'elle a entendu, tu n'es pas la première jeune autrice à s'être fait torpiller. « Maintenant, protège-toi. Et ne doute jamais de ton talent. »

Elle te dit que tu n'avais pas tout à fait tort quand tu avais l'impression qu'elle t'évitait. Mais cela n'avait rien à voir avec Éliane. Cela n'avait rien à voir non plus avec ton roman.

Elle te dit : « J'ai pris mes distances, parce que dans notre amitié il n'y avait pas de place pour deux personnes qui écrivent. »

Ta respiration s'interrompt. Comme si on venait de planter un clou au milieu de ton thorax.

Elle te dit qu'elle n'a jamais osé te l'avouer, mais qu'après son départ de Louis-le-Grand, pendant que tu partais à la fac et qu'elle restait seule toute la journée, elle a repris ses carnets. Qu'elle a recommencé à écrire. Des fragments, des bouts de texte. Et que petit à petit, c'est devenu *une histoire.*

— Tu veux dire que tu as écrit… un roman ?

— En quelque sorte… À vrai dire, je ne sais pas encore ce que ça va donner. Mais ce qui importe, c'est que je ne me suis jamais sentie aussi bien que depuis que je m'autorise à écrire à nouveau.

Elle te dit qu'elle a trouvé un nouveau boulot, à Londres, assistante dans une boîte de production, c'est un contact d'Éliane qui lui a ouvert les portes. Elle part dans une semaine, tous ses cartons sont prêts. Bien sûr, elle ne compte pas faire ça toute sa vie, un an maximum, elle va mettre du fric de côté, et ensuite elle arrêtera tout, elle se posera. Elle te dit :

— Je vais écrire. Et cette fois, je ne m'arrêterai plus.

— Mais… Pourquoi tu ne m'en as jamais parlé ? bredouilles-tu.

— Parce qu'il y a trop de compétition entre nous. On n'a jamais osé crever l'abcès toi et moi, mais c'est là, on n'y peut rien. Dès que ton *Premier Roman* a été publié, je n'ai plus rien écrit. Et ce n'est pas seulement à cause de mon père qui a jeté tous mes cahiers. Je n'ai plus écrit parce que je voulais te laisser la place. Parce que moi-même je ne me sentais pas à la hauteur de tout ce que tu vivais. Parce que, oui, parfois j'ai cru étouffer de jalousie.

Elle te dit qu'elle a mis du temps à se l'avouer, à choisir de se détacher de toi pour accomplir enfin ce qui l'appelait. Elle avait besoin de t'en parler. Que les choses soient claires, enfin, et apaisées. Elle est désolée de ne pas l'avoir fait plus tôt. Elle te dit : « Maintenant je n'ai plus de rancœur. Mon père a été condamné le mois dernier. Quinze ans ferme. Mon père est en prison, et moi, ça y est, enfin : je suis libre. »

Tu l'écoutes.

C'est étrange et c'est une évidence. Si tu fouilles vraiment en toi, je crois que tu as toujours su ce qui se passait. Qu'Anouck était une écrivaine en puissance. C'était là, depuis le début. Depuis cet après-midi où, dans sa chambre rue Wilson, tes yeux s'étaient posés sur les feuilles entassées sur son bureau et où, dans une fulgurance, tu avais compris qu'elle allait devenir ta meilleure amie. C'était là ce 11 septembre 2001, au lendemain de ton premier plateau télé, où elle t'avait annoncé au milieu des escaliers du lycée que son père avait foutu tous ses écrits à la benne. C'était là, dans tous ces silences entre vous, dans tes précautions pour éviter de te vanter, dans ses absences de question, dans cette façon qu'elle avait de toujours t'esquiver.

Tu lui dis : « Je comprends. C'est formidable que tu aies pris cette décision. Je suis très heureuse pour toi, vraiment. »

Mais au fond, tu es étrillée. À l'instant même où elle a prononcé cette phrase – « j'écris » – tu l'as senti se lever en toi : la possibilité d'une aigreur. Pas un instant tu te dis qu'elle se trompe, qu'il y a de la place pour vous deux, que vous ne volez rien l'une à l'autre en poursuivant le même rêve. Non : cela ne te traverse même pas l'esprit. Car voir Anouck devenir écrivaine, ce sera au-dessus de tes forces. Jamais tu ne feras le poids face à elle. Pour peu, tu aurais presque envie de te lever, de lui serrer la main et de lui lancer : « Que la meilleure gagne. »

Au lieu de cela, tu la raccompagnes jusqu'à la bouche de métro. Vous vous quittez ainsi. Un peu gênées et maladroites. Vous vous faites la bise, comme si vous alliez vous revoir bientôt. C'est irréel tout ça. À la fin, tu oses lui poser une dernière question. Tu lui demandes de quoi parle l'histoire qu'elle écrit. Tu parierais qu'il est question de ses parents. Mais elle te sourit, et elle te répond simplement : « Ça parle d'une fille qui se construit un royaume. »

Et elle disparaît.

Cette image-là d'Anouck qui s'éloigne de toi, avec sa jupe d'Esméralda, ses Converse déglinguées et ses écouteurs aux oreilles, cette image d'Anouck qui marche tranquillement vers son royaume, grave-la bien tout au fond de toi. Car ce sera la dernière.

Quatrième partie

CE QUI T'APPARTIENT

2005 - Aujourd'hui

« À présent encore c'était quelque chose dont elle ne doutait pas – qu'elle était indivisible et précieuse, et qu'elle ne pouvait être qu'elle-même. »

Marie NDIAYE, *Trois Femmes puissantes*

Entre nous deux (fragments)

Un journaliste à propos du *Deuxième Roman* : « La romancière, malgré quelques trouvailles, succombe trop facilement aux poncifs et aux lourdeurs académiques. N'est pas Bataille qui veut. »

*

La nouvelle attachée de presse : « Bon, c'est pas terrible terrible... Mais au moins, on en parle un peu, c'est déjà ça ! »

*

Un autre journaliste : « Sophie B. fait sa pelote de tous les clichés, qu'elle accompagne d'un style ampoulé indigne de la collection Harlequin. »

*

Mon père : « Et tu as pensé déjà au prochain ? Il ne faudrait pas trop tarder. Allez, il faut s'accrocher, tu sais. »

*

Une dame à un salon du livre : « Dis donc, ç'a pas l'air très gai, ce que vous écrivez là. Une jeune fille comme vous... avec des idées aussi noires... c'est bien dommage ! »

*

Un type sur un forum : « Une écriture dégueulasse. Comme sa gueule. »

*

Ma mère : « Maintenant, il faut que tu te trouves quelque chose de stable. Pourquoi tu ne passerais pas le CAPES ? Tu sais, prof, c'est bien. Surtout quand on est une femme. »

*

Tom Gavanel, le jour de notre rupture : « Tu gâches tout. Vraiment. T'as un talent pour ça. »

*

Une lectrice dans un courrier : « J'ai découvert vos livres par hasard. Merci, merci pour tout. D'une certaine manière, vos histoires m'ont sauvée. »

*

Un collègue, gouailleur, en salle des profs : « Non, c'est pas vrai ? C'est toi qui avais écrit le *Premier Roman* à l'époque ? Oh ben, je n'en reviens pas, dis ! Mais enfin, qu'est-ce que tu as foutu pour finir dans l'Éducation nationale ? »

*

Un élève surpris dans le couloir : « Ouais, de toute façon, tout le monde le sait. C'est qu'une écrivaine ratée. »

*

Rose, via *WhatsApp* : « Je m'inquiète pour toi *my sweety.* »

*

Ma mère : « Je ne te comprends pas. Regarde, tu as tout pour être heureuse. »

*

Ma fille aînée : « Pourquoi t'es comme ça, maman ? Pourquoi ? Arrête, maman, arrête ! »

*

Ma psy : « Vous faites un burn-out. Je vous mets en arrêt pour quelques semaines. Et ensemble, on va commencer un travail. »

*

Romain : « Il serait peut-être temps maintenant que tu arrêtes de faire semblant. Que tu t'autorises à être qui tu es *vraiment*. »

Moi : « Et comment je suis censée faire ? »

Lui : « … Écris. Écris, putain. C'est tout ce que tu dois faire. »

21.

Septembre 2005. Le *Deuxième Roman* sort en librairie et, comme tant de petites phrases l'avait prédit, c'est un échec.

Tu repenses à ce romancier d'âge mûr qui t'avait dit un jour en riant que, quoi que tu fasses, tous les charognards du milieu se tiendraient prêts à bondir sur toi et à te déchiqueter.

Tu repenses à ce petit article à la sortie du *Premier Roman*, qui comparait tes lauriers à une couronne mortuaire.

Tu repenses aux mots d'Éliane dans la bouche d'Anouck : « C'est une merde. Jamais personne ne lira ça. »

Et la prophétie s'accomplit.

Six cent soixante-trois romans paraissent en cette rentrée littéraire. Le nouveau Houellebecq est sur toutes les lèvres. Amélie Nothomb, Olivier Adam, Marie Darrieussecq font les gros titres. De nouveaux visages apparaissent, des jeunes romanciers à peine plus âgés que toi, mais sulfureux, bien plus mordants et télégéniques que tu ne l'es. Ce dont tu n'avais pas conscience quatre ans plus tôt se révèle soudain à toi : la compétition. La survie pour rester visible. La nécessité des accointances et de l'image qu'on renvoie.

À part Tanya, qui te fait l'honneur d'un papier dans son magazine, tu n'as gardé aucun contact. Tu espères que les journalistes autrefois dithyrambiques se souviendront de toi. Tu attends. Tu guettes ton nom dans les journaux. Tu guettes ton livre dans les vitrines des libraires. Mais rien. Le silence, comme un affront à tes rêves de grandeur.

Invisible tu étais. Invisible tu resteras.

Et puis, les premiers traits se décochent.

Après la première vague d'éloges et de pronostics sur les auteurs goncourables, la deuxième vague arrive : celle des romans de deuxième classe. Le tien en fait partie. Quelques pointes cinglantes te sont réservées.

Ta nouvelle attachée de presse est une jeune femme bien plus affable qu'Éliane. Son sourire et son énergie te font croire un temps qu'elle te sera une alliée précieuse. Elle te dit qu'elle fait tout son possible, qu'il ne faut pas s'inquiéter, untel a adoré ton livre et va bientôt sortir un papier. Mais tu attends et rien ne vient. Tu n'as plus qu'à te contenter des quelques lignes acerbes que l'on daignera bien t'accorder.

« Au moins on en parle un peu. C'est déjà ça ! »

Dans ton journal, tu écris :

Je sais pourquoi ce livre est mauvais. C'est parce que je l'ai écrit par orgueil plus que par nécessité. Parce que je devais revenir avant que l'on oublie le Premier Roman. *Parce que je voulais prouver que j'étais à la hauteur. Du début à la fin, tout cela n'était qu'une supercherie. Ce roman, je ne l'ai pas écrit : je l'ai fabriqué. Peut-être qu'il me fallait cette claque en pleine figure pour réagir. Admettre que l'écriture n'est probablement pas si essentielle que je le croyais.*

Ce revers aurait pu te terrasser. Décimer le peu d'estime qui te restait. Peut-être même te faire entrer dans cette dépression qui quinze ans plus tard m'est revenue en pleine figure, comme une bombe à retardement.

Mais non.

Tu traverses cette curée sans presque aucune douleur. À peine une déception. Au lieu de quoi, une prise de conscience : tu n'as pas besoin de tout cela.

Pas besoin de ce milieu pour exister.

Pas besoin de succès pour te combler.

Pas même besoin d'écrire pour t'épanouir.

Car en ce mois de septembre 2005, alors que tu as vingt et un ans et que tu t'apprêtes à entrer en maîtrise de lettres, un nouveau rêve s'exauce pour toi et détrône tous les autres. Et ce rêve s'appelle Tom Gavanel.

22.

Ça s'est passé un mois plus tôt, dans une maison en pierres et en tuiles de terre cuite, quelque part dans la Drôme.

Août 2005. Tu rejoins en voiture un village perché entre Crest et Montélimar. La route serpente le long des vignes. Sous tes yeux, le soleil appose ses couches d'ocre et de vert sauge. Tu es dans un tableau de Cézanne. C'est là que tu vas retrouver Léa. C'est là, dans cet été au goût de vin, de pierre et de pins, qu'elle va fêter ses fiançailles.

Elle t'a annoncé la nouvelle six mois auparavant, au téléphone. « C'est un peu dingue, je sais », s'est-elle presque excusée. Il s'appelle Estéban, il est en quatrième année de médecine, et avec lui, d'ailleurs, tout est un peu dingue. Leurs virées improvisées aux quatre coins de l'Europe. Leur emménagement sur un coup de tête. Et puis, voilà, sa demande en mariage délirante alors qu'ils campaient en plein cœur des Highlands, et ce « Pourquoi pas ? » répondu dans un élan de vie – comme une revanche contre la jeune Léa anorexique qui, pendant tant d'années, avait été pour elle-même une tyrannie. Tu le comprends : pour Léa, cet amour c'est l'absence de contrôle, c'est l'audace et le choix résolu de la joie. La vie dévorée à pleine bouche.

— On va faire une grande fête dans sa maison de famille en août prochain. J'aimerais beaucoup que tu viennes.

Ça fait deux ans que vous ne vous êtes pas revues. Vous n'avez jamais cessé de vous donner des nouvelles, deux ou trois fois par an, aux anniversaires et à la nouvelle année. Mais tu as toujours senti que c'était par fidélité plus que par véritable amitié. Alors ces retrouvailles, tu les redoutes un peu. Tu te demandes ce que vous allez bien pouvoir vous raconter, vous dont les vies ont pris depuis longtemps déjà des chemins si différents. Léa est devenue diététicienne. Elle travaille à l'hôpital. Elle a ses amis, ses histoires, loin de toi et de tout ce qui t'habite. Mais tu n'oublies pas la sœur qu'elle a été autrefois pour toi. Toutes ces années d'enfance où tu as grandi dans son sillage.

— Je serai là sans faute, ma Léa.

Te voilà donc ce jour d'été devant une grille en fer forgé, à suivre des yeux sa silhouette qui vient vers toi à grands pas. Et sa beauté te percute. Ses cheveux clairs tressés sur le côté. Sa peau caramélisée. Son sourire solaire. Elle ne porte rien d'autre pourtant qu'une simple robe en voile de coton bleue toute simple. Pas de maquillage, pas d'apparat. Elle ouvre ses bras, elle t'étreint, tu sens contre toi ses os minces. Au creux de son cou, ça sent le cèdre, quelque chose qui rappelle l'odeur des crayons de couleur. « Trop heureuse que tu sois là ! » te dit-elle. Contre toute attente, tu l'es aussi.

Dans la maison en pierre, il y a une trentaine d'amis, des copains étudiants, des collègues de l'hôpital. Il y a des épaules brunies de soleil, des bouches qui parlent, qui fument et qui rient fort, il y a des peaux qui se frôlent, des désirs qui se happent. Et au milieu d'eux, lumineux, amoureux, il y a Léa et Estéban.

Estéban est un gaillard au corps immense, si robuste qu'à côté Léa paraît minuscule. Il parle fort, boit beaucoup, prend sa fiancée dans ses bras comme s'il pouvait l'avaler. Dans la cuisine, c'est lui qui prépare tout : les viandes rôties, les salades opulentes, les melons juteux. Tu regardes ses grosses mains tailler les chairs, vider, émincer – et tu te demandes comment Léa, à l'appétit si délicat, a pu tomber sous le charme d'un ogre pareil. Tu te dis que c'était cela peut-être qu'il lui fallait. Épouser un ogre au cœur tendre, pour ne jamais oublier d'être vivante.

Au milieu de tous ces inconnus, tu ne sais pas très bien quelle est ta place. Comme quatre ans plus tôt, lors de la fête que Léa avait donnée chez ses parents, tu sens que ce monde n'est pas le tien. Mais cette fois, tu ne la regardes plus avec amertume. Au contraire : tu l'envies. Tu envies cette jeunesse qui n'a pas besoin d'écrire pour exister, qui ne s'oublie pas dans une vaine recherche de grandeur ; cette jeunesse qui se suffit à elle-même, dans le moment présent. Toi aussi, tu aimerais te suffire à toi-même. Exister de tout ton poids. Toi aussi, un jour, tu aimerais te fiancer dans une maison en pierre, entourée d'amis, avec un homme plus fort que toi.

Léa ne t'avait pas dit qu'il serait là. Quand tu le vois débarquer en début de soirée, quand tu reconnais au milieu des invités son visage et ses boucles brunes, c'est comme une décharge dans ton plexus solaire. Tom Gavanel.

Trois ans sans penser à lui, trois ans à te construire, à désirer d'autres hommes, à t'apprendre belle – et pourtant te revoilà au même point que dans tes années de lycéenne. La gorge sèche ; les jambes en coton.

— Je ne savais pas que tu étais encore amie avec lui… chuchotes-tu à Léa.

— Oh, on se voit encore de temps en temps… C'est même Estéban qui m'a suggéré de le faire venir pour les photos ! Tiens mais, tu sais qu'il me demande souvent de tes nouvelles ? Je suis sûre qu'il sera ravi de te voir…

— Ah oui, vraiment ?

Quelque chose t'électrise. Remonte de ton estomac jusqu'à tes joues. Une combustion. Bien sûr, tu n'en montreras rien. Hors de question de lui rappeler le souvenir de l'ado pathétique qui avait autrefois quémandé son amour dans une salle de bains. S'il veut venir te voir, qu'il vienne. Tout au long de la soirée, tu fais mine de ne pas l'avoir vu. Sur la terrasse, tu vas et tu viens entre les groupes d'amis, ton verre à la main. Tu sais faire maintenant. Tu poses des questions, tu t'intéresses à la vie des gens ; tu parles de la tienne sans rougir. Et pendant tout ce temps, alors que la fête flotte autour de toi, ton rétroviseur mental capte sa présence. Derrière toi, tu le sens : ses yeux posés sur ta nuque. De temps en temps, tu le cherches toi aussi. Tu le vois passer, son appareil photo entre les mains. Tu entrevois ses avant-bras qui t'avaient tant troublée. Et tu te souviens. Tom Gavanel. Le mythe de tes seize ans. Tom Gavanel, son nom écrit mille fois, dans ton cahier, sur les tables du lycée, sur ta peau si tu avais pu le faire graver. Tu te souviens, cette impression la première fois que tu l'avais vu, de sentir ton cœur battre dans le bas-ventre. Tu te souviens, tes caresses le soir en pensant à lui, cette première sensation de boursouflure et d'humidité entre tes jambes. Ta tête a beau te rappeler que c'est un connard ; qu'il a trompé Léa plus que de raison à l'époque où ils étaient ensemble ; qu'il s'est essuyé le gland avec du papier toilette et t'a dit merci et t'a laissée seule dans une salle de bains ; ta tête a beau savoir tout cela, ton corps à sa présence se réveille.

Au repas, devant la grande table dressée sous les guirlandes façon guinguette, il s'assoit face à toi. Tu savais qu'il ferait ça. Tu l'attendais. Il a un peu changé. Les cheveux plus courts, la barbe plus drue. Le premier, il te dit : « Salut. » Autour de vous, les conversations fusent, les verres se lèvent pour trinquer. Vous parlez à vos voisins. Vous mangez, un peu. Vous buvez, surtout. Vous prenez soin de rester à distance. De temps en temps, vos yeux s'accrochent. Ça dure une demi-seconde. Et ça t'avale. Dans ton torse, le cœur comme un tambourin.

Quand la musique se remet à pulser et que les invités se lèvent pour aller danser, tu sais que quelque chose va se passer. Tu sais qu'il va se lever, s'asseoir à côté de toi. Tu sais qu'il va te parler, te dire : « Ça fait longtemps », te raconter les Beaux-Arts, son retour à Metz, ses premiers contrats, ses projets d'exposition. Tu sais qu'il va te demander comment tu vas, si tu écris toujours ; qu'il penchera parfois sa tête vers ta bouche, que tu rapprocheras ton oreille de ses lèvres, parce que la musique est trop forte, mais surtout parce que comme ça, l'air de rien, vos peaux se frôleront un peu plus. Tu sais tout ça. Et c'est exactement ce qui se passe. Tom Gavanel, assis à côté de toi. Sa main sur le dossier de ta chaise, à deux centimètres de ton épiderme. Tom Gavanel qui te dit : « Tu sais parfois je tape ton nom sur Internet, pour savoir ce que tu deviens. »

Mais la suite de l'histoire, non, jamais tu n'aurais pu l'imaginer.

« Je vais fumer, tu viens ? »

Il se lève et tu le suis, slalomant entre les grappes d'invités dansant sous les ampoules. Il y a des marches escarpées ; il te prend le poignet. Vous descendez. Le pouls de la fête s'éloigne de vous. Il t'emmène dans la rue, sur une place fraîche où bruisse une fontaine. Tu t'adosses à un mur en pierre. Tu le regardes rouler sa cigarette. Tu regardes ses mains. Tu lui dis : « Mon deuxième roman raconte l'histoire d'une fille et d'un photographe, et quand je l'ai écrit j'ai un peu pensé à toi. » Il sourit. Il ne répond rien. Vous vous échangez la cigarette. Tu te demandes quand il va t'embrasser. Mais il ne t'embrasse pas. Il te dit : « Tu sais, y a un truc que j'ai envie de faire depuis longtemps. » Il écrase le mégot, et tu repenses à celui que tu avais ramassé un jour et scotché dans ton cahier. Il s'approche de toi. Son visage frôle le tien. Son nez caresse ta bouche, l'ovale de ton visage. Descend dans ton cou. Renifle ta peau. Et soudain, tu sens sa main. Là, entre tes cuisses. Tu sens sa main qui monte sous la robe. Lentement. Qui caresse la culotte déjà mouillée. C'est là que bat ton cœur maintenant. Là que tout ton être appelle. Tu sens sa main. Elle fait exactement ce qu'il faut faire. Elle se glisse sous le coton. Elle tourne, elle tangue, elle rentre, elle louvoie, elle repart, elle revient, elle presse. Tu as l'impression qu'elle a mille doigts. Peu à peu, tes hanches s'animent et se mettent à danser. Ton pubis se plaque contre sa paume. Tu te frottes, tu t'écrases, tu es trempée. Tes ongles s'agrippent à son avant-bras. Lui somment d'aller plus fort. D'aller plus vite. Au moment où tu jouis, les doigts de Tom Gavanel s'enfoncent très loin en toi, et ta bouche happe la sienne, vos langues s'enroulent, ça sent le sel et la fraîcheur, tu te dis, c'est comme embrasser la mer, et jamais ton corps ne s'est senti aussi vivant, et jamais l'écriture n'a été aussi loin de toi qu'à ce moment-là.

Tu ne le sais pas encore. Mais entre ces mains-là, c'est aussi ta personne tout entière désormais que tu remets.

Aujourd'hui

Recherche Instagram : Léa Colleoni.

Bubble_Tea_26
1014 publications 16.8K abonnés 722 abonnements
Mum of Théo, Noah & Chloé.
Lifestyle, bien-être et éducation positive.

Je fais défiler les stories. Aujourd'hui Léa a fait les courses. Elle revient du magasin bio, déballe les articles. De l'houmous aux poivrons grillés ; des pâtes à la spiruline ; une crème hydratante à base de rose musquée. En lien, les raccourcis vers les produits. Avec le code #bubble_tea_26, on peut profiter d'une réduction de 10 %.

Les photos du *feed* se ressemblent toutes : des images lumineuses, aux couleurs acidulées. Le corps et le visage de Léa. Sa blondeur, son sourire, sa silhouette sculptée par les séances de Pilates. La grande maison drômoise rénovée avec goût. Et puis les enfants, bien sûr. Rieurs, éveillés, bien dans leurs baskets. Théo, le grand, est déjà un petit homme. Brun, trapu, il est le portrait craché d'Estéban. Noah, son presque jumeau, est visiblement le cabotin de la bande. Et puis Chloé. Même âge que ma fille aînée, mais aussi différente d'elle que Léa l'était déjà de moi à l'école. Chloé, petite fée aux grands yeux moirés et aux omoplates qui ressemblent à des ailes, Chloé qui fait de la danse classique et du piano et qui a sauté une classe, Chloé toujours sage et parfaitement coiffée, Chloé double miniature de sa maman, comme un reflet irisé.

Je suis le compte de Léa depuis le confinement de 2020. Quand je suis tombée sur sa page, c'était comme ouvrir un trésor. Des années que je n'avais pas de nouvelles d'elle : après mon installation avec Tom, nous avions perdu tout contact. Mais souvent encore je pensais à elle. Parfois même, elle venait comme Anouck me visiter en rêve. Je me demandais si elle était toujours mariée à Estéban, s'ils avaient eu des enfants, si elle était encore belle. Au fond, peut-être aurais-je aimé que ce ne soit pas le cas. Que son parcours soit aussi décevant que le mien. Mais non. Tout s'était passé exactement comme c'était censé se dérouler. Estéban était devenu dermato ; Léa avait quitté son travail de diététicienne pour élever ses enfants ; ensemble, ils avaient acheté une maison en pierre dans ce petit village de la Drôme où ils s'étaient autrefois fiancés. Tous ses rêves s'étaient exaucés, et ce compte Instagram l'affichait avec une grâce qui frôlait parfois l'insolence.

Je lis son dernier post : une vidéo au montage savamment orchestré où, sur une musique de Lewis Capaldi, Léa en kimono prépare des sablés à la châtaigne. 1 479 vues, 84 commentaires : Trop belle, comment tu fais ; Miam ça a l'air délicieux ; D'où vient ton kimono stp ; J'adoooore ; Tu es parfaite.

J'appuie sur le cœur rouge. À mon tour, j'envoie : Léa, tu es magnifique. Hâte de te retrouver bientôt !

À peine dix secondes plus tard, elle me répond avec trois émojis : mains jointes, cœur jaune et visage qui envoie un baiser.

Il m'a fallu du temps pour oser enfin reprendre contact avec elle. Me rappeler que, derrière Bubble_Tea_26, c'était toujours la même Léa : celle qui avait grandi avec moi ; celle qui jouait au billard sous les plafonniers du O'Carolan's Harp ; celle qui me maquillait avant les soirées en me promettant que ce soir, je ferais sensation. Pendant plus d'un an, j'ai suivi son compte en tout anonymat. Et puis, il y a deux ou trois semaines, j'ai osé enfin lui écrire. Et c'est comme ça que nous avons renoué.

Après plusieurs échanges de messages, nous nous sommes donné rendez-vous le mois suivant. Je passe quelques jours en Lorraine chez mes parents. J'emmène les enfants avec moi. Estéban a beaucoup de travail... On pourrait en profiter pour se voir ? Chloé sera ravie de jouer avec tes filles ! Sans hésiter j'ai répondu : Avec joie ! Venez donc déjeuner à la maison.

Mais bien sûr, je suis mortifiée.

« Qu'est-ce que je vais bien pouvoir leur faire à manger ? »

Romain lève les yeux au ciel. Il me dit que je peux toujours leur cuisiner des sablés à la châtaigne.

Romain n'a jamais vu Léa. J'ai beau lui parler de notre amitié, lui montrer les photos de nous à six ou sept ans, la simple évocation de son nom provoque chez lui une crispation irrépressible.

« Jure-moi que tu ne te mettras pas dans le même état qu'il y a deux ans. »

Pendant le confinement de 2020, Léa sans le savoir a bien failli ruiner notre vie de famille – et Romain n'est pas près de l'oublier. Dans la succession de journées sans but, suivre son quotidien sur Instagram était vite devenu une obsession. Chaque jour, j'attendais ses publications avec une impatience presque fébrile. Comment faisait-elle pour que sa maison soit toujours propre et rangée, pour que les enfants fassent leurs devoirs sans broncher, et que toute la famille ait l'air heureuse ? J'essayais de reproduire avec mes filles les mêmes activités que celles proposées par Léa : parcours pieds nus sur la terrasse, confection d'oiseaux en papier, recette de fougasse maison, réalisation d'attrape-soleil en forme de papillon. Mais ce n'était jamais aussi beau, aussi lisse que sur l'écran. Ma cadette ne tenait pas en place et laissait tout en plan au bout de cinq minutes. Je ne lui en tenais pas trop rigueur, car elle n'avait que quatre ans, mais j'étais beaucoup plus exigeante avec ma grande, qui comme Chloé était en CE1. Je la voyais bâcler son travail, s'empêtrer avec ses ciseaux, terminer à la hâte ses coloriages, et quelque chose en moi montait.

« Gâché. »

Tous les jours, devant la maison en bazar, la télé trop souvent allumée, les crises, les kilos pris, je pensais : « Gâché. » Et pendant ce temps, la vie de Léa se déroulait derrière des filtres chatoyants. « Gâché. »

« Fais attention s'il te plaît, tu vas encore tout gâcher ! » Les mots sortaient de ma bouche. À peine les avais-je prononcés que leur cruauté me faisait honte. Jamais Léa n'aurait prononcé de tels mots. Les principes d'éducation positive qu'elle inculquait à ses enfants l'interdisaient formellement. Aussitôt la tension accumulée explosait. Ma fille hurlait, roulait en boule son travail, et allait pleurer dans sa chambre.

« Gâché. » Je regardais les bouts de papier, les crayons de couleur en vrac sur la table. Derrière moi, Romain soupirait. « Arrête de te mettre autant la pression. Tu n'as pas besoin de faire tout ça. Tu n'as rien à prouver, tu sais. »

Mais je ne l'entendais pas.

La rage palpitait, fourmillait jusqu'au bout de mes doigts. Parfois j'avais envie de renverser la table, de tout foutre en l'air.

À mon tour, je me levais, et je lançais : « Quel gâchis encore, putain ! »

Les hurlements de ma fille résonnaient dans la maison, et les miens s'étouffaient dans l'oreiller.

Et puis un jour, comme ça, brusquement, je me suis souvenue d'où venait cette phrase. Je me suis souvenue de Tom et du week-end à Ostende.

C'était en 2009, en avril ou en mai. Ce week-end-là, on avait pris la voiture et on avait roulé jusqu'à Bruxelles. Il faisait un temps de chien, on avait passé la nuit à l'hôtel et le lendemain on s'était perdus dans la périphérie. On n'avait pas de GPS à l'époque, pas de smartphone, j'avais la carte routière sur les genoux, la pluie suait le long les vitres, je n'y comprenais rien, je ne savais pas quelle sortie il fallait prendre. On aurait pu en rigoler, cette pluie, ce méandre bruxellois, ah vraiment quel week-end, on s'en souviendra – mais au lieu de ça Tom avait lancé : « Quel gâchis encore, putain. »

Ses mots avaient résonné dans ma tête toute la journée, une fois qu'on était sortis de Bruxelles et qu'on s'était finalement décidés à pousser jusqu'à Ostende, plutôt que de rentrer. Les mots dans ma tête tandis qu'on arpentait les docks, « Quel gâchis – encore – putain », Tom à trois mètres devant moi, en train de régler la focale de son Leica. Les mots dans ma tête devant la mer couleur rouille. « Gâchis, gâchis. »

Ce week-end-là, au moins, Tom avait fait de belles photos. Tout n'avait pas été perdu. On avait repris la route le soir même. Qu'avons-nous pu nous raconter sur le trajet ? Avons-nous quand même fait l'amour à notre retour à Metz ? Je n'en ai plus le moindre souvenir. Tout ce que je sais, c'est que ce jour-là à Ostende, pour la première fois, je me l'étais avoué. Sans aigreur. Sans écharde plantée au cœur. La fin de mon histoire avec Tom – et les prémices, peut-être, de la mienne.

23.

Pendant un an, Tom et toi vous voyez en pointillés. Une ou deux fois par mois, pas plus, à Paris ou à Metz. Vous faites beaucoup l'amour. Dans ton studio de la rue Saint-Maur ; dans son appartement de la rue Taison ; la nuit, le matin, au creux de l'après-midi. Jamais tu n'as autant fait l'amour. Où que tu ailles, tu as l'impression que cela se lit sur ta peau. Sur tes yeux gonflés de cernes. Sur tes lèvres rouges qu'il a mordues. Dans tes cheveux qui sentent le sexe. Dans la rue, le train, à la fac, tu as envie de le crier : « J'ai fait l'amour avec Tom Gavanel. Je suis celle qu'il a baisée. » Ta fatigue, ton allure un peu défaite, tes vêtements portés deux jours de suite, tout cela, tu l'arbores fièrement. Tu es comme ces filles qu'autrefois tu aurais pu gifler. Ces stupides petites nymphes épanouies par l'orgasme. Aujourd'hui, tu es des leurs. Tom Gavanel te voit. Tom Gavanel t'embrasse. Tom Gavanel te lèche, te prend, te regarde jouir. En plein milieu de tes cours, à la bibliothèque, devant ton bureau à rédiger ton mémoire sur Marguerite Duras, cette pensée ne te quitte pas. Tu es amoureuse. Et parfois tu te demandes si tu ne l'es pas encore plus de toi-même.

Les premiers mois, tu n'attends rien. Tu sais que Tom a sa vie là-bas, à Metz. Que tu n'es sans doute pas la seule fille avec qui il couche. Il te l'a dit d'ailleurs : « Je préfère qu'on reste libres. » Tu fais semblant d'approuver, de trouver ça cool ; au fond, ça te bousille. Tu ne vois pas pourquoi il reviendrait vers toi. Mais toujours, pourtant, il revient. Parfois après plusieurs semaines de silence. Un texto, un coup de fil, « Quand est-ce qu'on se voit ? », parfois même « Je suis devant ton appart, tu arrives quand ? ». Chaque fois, ton cœur qui se décroche. Chaque fois, la brûlure au fond du ventre. *Il est là.* L'irréalité de sa présence, comme une offrande. Tu ne sais pas combien de temps ça durera ; quand il finira par se lasser de toi. Tu n'en reviens pas de lui. Tu n'en reviens pas de sa beauté, là, à côté de toi. Tu regardes ses avant-bras, et tu penses : « Ils m'appartiennent. » Tu regardes ses boucles brunes, tu plonges ta main dedans. « À moi ». La nuit tu le regardes dormir dans l'ombre bleue. « Pincez-moi, c'est trop, ce n'est pas possible. »

Alors tu te contentes de ce qu'il te donne. Tu sais qu'un jour il cramera tout, mais tant pis. Tu prends tout ce qu'il y a à prendre.

Parfois il te dit des mots qui te font trembler. Qu'il aime tes seins, tes jambes, ton goût. Il te dit qu'il n'aurait jamais cru qu'avec toi ce serait comme ça. Aussi fou, aussi puissant. Qu'à côté avec Léa c'était chiant. Il te dit : « Elle ne prenait jamais son pied. Toujours dans le contrôle. Elle ne lâchait rien. » Tu l'arrêtes. Hors de question d'entendre ça. Tu repenses à Cédric, à sa façon de te reprocher de ne pas être assez libérée. Et puis de toute façon, tu ne veux pas savoir. Chaque fois que tu les imagines Tom et elle, ça écrase quelque chose à l'intérieur de toi. Tu n'oses pas te l'avouer, mais une part de toi exulte. Tu repenses à cette année de première, à vos après-midi dans la pénombre du Carolan's, tu repenses à toutes les fois où tu haïssais Léa d'être aussi belle. Elle n'y a jamais été pour rien. Et pourtant, tu te sens vengée. Comme si le destin t'avait enfin rendu justice.

Tu as l'impression d'avoir atteint tout ce que tu cherchais. Être vue, être aimée par lui. Tu te sens entière, exactement à la place où tu dois être. Tu n'as pas idée de ta méprise. Car en réalité, tu n'as jamais été aussi vulnérable qu'en cet instant.

Tu crois avoir grandi. T'être enfin accomplie. Mais tu ne vois pas combien tu recules. Comment parfois, lui à tes côtés, tu redeviens la minuscule fille de seize ans que tu étais.

Parfois vous parlez de l'époque du lycée. Cette année 2001 où tu le vénérais. Tu lui racontes, les textes que tu écrivais, les odes à ses avant-bras. Ce mégot ramassé et scotché dans ton cahier. Il rit. Il dit ce que tu sais déjà : que lui ne te voyait pas. Il faut dire t'étais pas vraiment jolie à cette époque-là.

Surtout à côté de Léa. Par contre ce que tu lui as fait ce soir-là dans la salle de bains des Colleoni, ah ça, il s'en souvient très bien. Jamais aucune fille ne l'avait surpris à ce point. Jamais il n'aurait cru que tu sois comme ça. Aussi audacieuse. Il te dit que l'année d'après, quand il t'a vue à la télé, il a commencé à penser à toi. À fantasmer. Que pour tout te dire même, quand il est sorti avec Léa, il t'imaginait parfois à sa place.

Je pense à toi au moment où je retranscris les mots de Tom sur le papier. Je pense à toi, et j'aimerais te secouer. Te dire : « Qu'est-ce que tu fous avec un mec comme lui ? » J'aimerais te mettre en garde, contre le temps et l'énergie que tu vas perdre. Te convaincre de ta valeur, infiniment supérieure à celle que tu t'accordes.

Car imperceptiblement, déjà, tu sens le pouvoir qu'il a sur toi. Il y a tous ces moments, par exemple, où sans que tu saches pourquoi il fait un peu la gueule. Où tout à coup son visage se ferme et où il ne parle plus ; où ses yeux évitent de se poser sur toi. Tous ces moments où, dans la rue, il marche deux mètres devant toi. Dans ces moments-là, dans ta poitrine, tu sens que ça s'effrite, que ça tombe par pans entiers, comme si toute ta personne était un château de sable.

Tu t'efforces d'être celle qu'il aimerait que tu sois. Pas un moment sans que tu ne penses : « Est-ce que je vais encore lui plaire ? » Des heures à te maquiller, à te coiffer, à enduire ta peau de crème qui sent la fleur d'oranger. Des heures à choisir tes robes (il les préfère aux pantalons), à t'épiler (il aime les sexes glabres), à te remettre au sport et à te scruter dans le miroir (les bourrelets, il trouve ça un peu dégueu). Des heures à te préparer mentalement avant chaque rendez-vous, à peser chacun de tes gestes, chacun de tes mots, pour éviter de le contrarier. Quand vous allez au restaurant, ne pas trop manger (il te dit : « Attention, tu bouffes trop ! »). Quand vous dormez ensemble, le matin, te lever avant lui, te doucher, te laver les dents, pour qu'à son réveil tu sois désirable. Quand vous passez plusieurs jours ensemble, trouver des stratégies pour chier loin de lui et le plus silencieusement possible. Être impeccable, toujours. Écraser tout au fond de toi la fille laide, la crasseuse, la monstrueuse, la Marina qui sommeille encore quelque part, et qui le révulserait.

Surtout, ne jamais lui faire croire que tu espères quoi que ce soit. Ne pas le brusquer – il se sentirait étouffé. Faire comme si tout cela t'était égal, comme si tu étais aussi libre et insouciante que lui. Parfois tu lui mens. Quand il t'appelle, tu te retiens de décrocher. Tu lui écris : Je suis avec des amis, je te rappelle plus tard. Tu lui fais croire que ta vie est chargée, que tu vois beaucoup de monde, que tu n'as pas le temps. Tu le laisses t'imaginer en jeune romancière happée par la vie parisienne. Tu sais que cet aspect-là de toi le séduit, que c'est pour cela en partie qu'il s'est mis à te désirer. Alors tu entretiens ce mythe. Une fille un peu inaccessible. Une fille qui n'aurait pas besoin de lui.

La vérité, c'est que tu es seule. Médiocrement seule. Les rares personnes qui illuminaient ta vie ont déserté chacune leur tour. À part quelques copines de fac, tu ne vois personne. Tes journées se résument à aller en cours et à la bibliothèque pour bosser ton mémoire. Parfois même, tu comptes les heures jusqu'au moment d'aller te coucher. Pour tuer l'ennui, tu vas au cinéma, tu fais tes longueurs à la piscine, tu lis toute la *Recherche du temps perdu*. Mais cette solitude ne t'apporte plus le frisson d'autrefois. Elle n'est plus qu'un creux au fond de toi.

Attendre Tom : cette année 2005-2006 se résume à cela. Attendre ses messages, ses appels. Attendre de rentrer à Metz pour le voir. Attendre qu'il débarque à Paris sans prévenir. Attendre, et espérer qu'un jour il en veuille plus. Des vacances tous les deux. Une relation officielle. Pourquoi pas même, un « Et si on se mariait ? » lancé à la volée, comme Estéban avec Léa.

Mais tu le sens : la distance qui s'installe. Ses appels qui s'espacent de plus en plus. Ses textos qui deviennent laconiques. Ta peur maladive de le déranger. Alors, tu ne lui écris plus non plus. Mais dans tes soirées solitaires, tu l'imagines. Tu vois l'appartement de la rue Taison. Sous son corps, une fille plus belle, plus facile à vivre que toi. Tu te répètes les mots de Tom : « On est libres. » Jamais pourtant tu ne t'es sentie aussi piégée.

Ta vie est un territoire envahi tout entier par Tom Gavanel. Le reste est atone. Tu prépares ta maîtrise sans passion ni perspectives. Les mois passent, et tu arrives presque au bout de ton cursus. Que vas-tu faire de ta vie une fois que tu auras ton bac+4 ? Tes rêves de journalisme se sont peu à peu émoussés. Tu n'as pas su saisir les opportunités à temps, sortir de ta zone de confort pour éplucher les annonces et déposer des CV. Tes droits d'auteur ont fondu ; les ventes médiocres du *Deuxième Roman* ne te permettront pas de tenir encore longtemps. Ta mère commence à s'alarmer. Le moindre coup de fil est l'occasion de te rappeler qu'il serait peut-être temps de devenir raisonnable. De trouver un emploi stable et d'assurer tes arrières. L'écriture, c'est un loisir sympathique, tu as eu beaucoup de chance avec le *Premier Roman*, ç'a mis du beurre dans les épinards, ça t'a permis de bien démarrer dans la vie. Maintenant, il faut passer aux choses sérieuses.

« Tu sais, prof, c'est bien. Surtout quand on est une femme. »

Tes camarades de promo commencent à se préparer pour le CAPES et l'agrégation. Mais toi, tu ne peux encore t'y résoudre. Le simple mot d'Éducation nationale te révulse tant tu y vois un synonyme de médiocrité. Tu penses à ton père, à ce collège en préfabriqués où il a fait toute sa carrière, tu penses à ses copies corrigées le dimanche après-midi sur la table du salon dans de longs soupirs excédés, aux réunions parents-profs et aux conseils de classe dont il revenait toujours désabusé, l'air de se dire : « Mais qu'est-ce que je fous là ? » Tu penses à cette vie entière passée à rêver d'écriture, d'éditeur et de dédicaces, tout ce que toi tu as obtenu presque sans effort l'année de tes dix-sept ans. Renoncer à tout cela pour finir par enseigner le français à de petits ados survoltés ? Ce serait comme le trahir. Acter définitivement ta déchéance.

De ce printemps 2006, je ne me souviens de rien d'autre que cela : la disparition lente, sinueuse, de tout ce qui composait ton être. Comme une dissolution. Je suis bien incapable de te raconter cette période. La musique que tu écoutes. Les habits que tu portes. Les films que tu vois. J'ai oublié. Tout se confond dans cet état de présent qui t'englue, sans aucune idée de l'avenir qui t'attend. Ces cinq dernières années, une force enchanteresse a exaucé tes deux prières les plus chères : être publiée, puis aimée de Tom Gavanel. Mais la parenthèse se referme. Ton destin revient à toi. Ton destin d'invisible. Alors tu t'effaces. Semaine après semaine. À mesure que le temps passe sans nouvelles de Tom et que la perspective se rapproche de se résoudre aux concours d'enseignement, ta vie perd ses contours.

Tout ce dont je me souviens, c'est de ce matin de juin où Tanya et toi buvez un café dans une brasserie de Montparnasse. De ses cheveux argent en désordre. De son air un peu essoufflé, parce qu'elle revient d'un cours de claquettes. C'est toi qui l'as appelée, dans un dernier sursaut au milieu de ton enlisement.

Tu l'ignores encore, mais c'est la dernière fois que tu la vois. La dernière fois que tu prends un café dans une brasserie de Montparnasse, à deux pas de la rue Joseph-Bara, entourée de ces gens qui ont l'air si importants. Le cœur du cœur du monde, te dis-tu en repensant à l'appartement d'Éliane, et à cette soirée où tu avais fait ton entrée dans « la cour des grands ». Tu n'as plus aucun contact avec elle ni même avec ton éditeur. Tanya sera ton dernier lien avec ce monde. Ce jour-là, comme toujours elle parle en faisant de grands gestes qui font tinter les joncs autour de ses poignets. Tu la regardes, aussi fascinée que l'été de tes dix-sept ans, quand elle t'avait interviewée dans le patio d'un hôtel de Saint-Germain-des-Prés. Lorsqu'elle te demande où tu en es, tu ne lui caches rien : ton livre qui ne s'est pas vendu, ton histoire d'amour vouée à l'échec, et ta route toute tracée pour finir prof de français. Alors aussitôt elle s'exclame : « Mais viens donc faire un stage dans ma rédaction ! Je parlerai de toi à ma boss. »

Une semaine plus tard, tu as rendez-vous chez *Marie-Claire* pour le premier entretien de ta vie. Un stage de six mois au service rédaction. Salaire de misère. Aucune garantie. Ta mère possiblement dans tous ses états en apprenant que tu lâches tes études pour un job aussi précaire. Mais pour la première fois depuis longtemps, cet élan qui souffle en toi et te ranime. Comme juste avant un envol.

C'est Tanya elle-même qui t'annonce la nouvelle au téléphone : « Félicitations, ma belle ! Tu es prise ! Tu commences début juillet. »

Que serais-je devenue si tu avais comme prévu franchi le seuil de la rédaction en cet été 2006 ? Sans doute serais-tu passée par des moments de doutes, de franches galères et de désillusions. Sans doute aurais-tu mordu la poussière, au milieu de ces journalistes aguerris qui t'auraient prise de haut. Sans doute aurais-tu appris, et grandi. Je me demande souvent ce à quoi aurait ressemblé ma vie aujourd'hui si tu avais osé bifurquer – comme Anouck, elle, avait su le faire deux ans plus tôt. Sortir du chemin balisé qui t'attendait pour découvrir la secousse de l'imprévu. Peut-être n'aurais-je jamais quitté Paris. Peut-être aurais-je fini par regarder avec ironie ce monde devant lequel tu te sentais si petite. Peut-être aurais-je appris à affronter l'échec, pour mieux me redresser – et ne plus jamais le redouter.

Mais il suffit d'un texto de Tom, Je suis à Paris. Il faut que je te voie, pour qu'une fois de plus tu renonces.

Un mois que tu n'avais aucune nouvelle de lui. Un mois que tu te persuadais que votre histoire était finie, pour mieux avancer par toi-même. Et le voilà sous tes yeux. À son tour, soudain, minuscule. Étrangement penaud. C'est la première fois de ta vie que tu le vois comme ça. La première fois que tu découvres, derrière son apparente désinvolture, l'angoisse qui l'habite.

Il te dit qu'il avait besoin de faire le vide. Qu'il ne savait plus où il en était. Il te dit qu'il a eu plusieurs revers au boulot, des contrats qui lui sont passés sous le nez, son projet d'expo tombé lamentablement à l'eau. La grande claque dans la gueule. Il te dit que c'est un minable, un raté, qu'il n'est bon qu'à finir photographe pour les mariages, qu'il pense faire une dépression.

Je me demande, en évoquant ce souvenir, comment tu as pu te laisser aussi facilement gagner par la pitié. Toi qui n'en as aucune pour toi-même. Toi qui es la première à ne pas te croire lorsque tu te sens fragile. Comment tu as pu le croire, lui, immédiatement et sans méfiance, comme si c'était une évidence que sa souffrance compte plus que la tienne.

Il te dit que tu lui manques. Que c'est atroce. Qu'il n'aurait jamais cru mais que maintenant il sait.

Il te dit : « Viens vivre avec moi à Metz. »

Lui, il ne peut pas venir à Paris. Trop d'obligations, tous ses contacts là-bas en Lorraine, son réseau, son entreprise qui vient juste de démarrer, il ne peut pas tout laisser tomber comme ça. Alors que toi, tu peux écrire n'importe où. Vous serez bien tous les deux. Lui avec ses photos, toi avec tes romans. Il te dit : « Je te jure, ça sera beau. »

Tu sens ses mains autour de toi. Son souffle dans ta nuque. Ses baisers sur tes paupières. Tu résistes. Ce n'est pas le bon moment. Tu le sais au fond de toi. Que c'est en t'arrachant d'Éliane, en t'arrachant de Tom, que tu as commencé à mesurer ta force. Tu sais que tu n'en es qu'au début, qu'il va encore falloir gratter, t'extirper de tout ce qui te lie encore à eux, pour apprendre ta vraie valeur. Et pourtant, tu chancelles. Tu repenses à la Sophie de seize ans, dans la pénombre du Carolan's, à tous ceux qui ne te voyaient pas. Tom Gavanel qui te déclare son amour, qui est prêt à vivre avec toi. Tom Gavanel qui te choisit. *Toi.* Ce destin qui te venge, tu ne peux pas le refuser. C'est une question de loyauté.

Alors tu y vas.

En juillet 2006, les portes que tu franchis ne sont pas celles d'un journal où tu aurais pu te déployer. Ce sont celles d'un trois pièces messin où, pendant les trois années qui suivront, tu perdras jusqu'à la trace de toi-même.

Aujourd'hui

La table est dressée. La maison à peu près rangée. Le plat de lasagnes que Romain a préparé – j'ai finalement renoncé à cuisiner quoi que ce soit – cuit doucement au four. D'une minute à l'autre, Léa va arriver.

Je regarde autour de moi. La Sophie de 2020 y aurait sûrement trouvé à redire. Aucune déco particulière, menu atrocement banal, les filles affalées sur le canapé, hypnotisées par leur tablette. Mauvaise mère. Piètre maîtresse de maison. Et je ne parle même pas de moi. Dans le miroir de l'entrée, je m'aperçois furtivement. Ma taille 42, mon ventre flasque, mes vêtements un peu froissés, depuis que Romain et moi avons décidé de reléguer le repassage au rang d'activité hautement superflue. Qu'aurait pensé Tom de cette femme-là ? J'entends ces mots comme un murmure derrière ma nuque. « Quel gâchis. »

Dieu merci, la Sophie de 2022 n'a de toute façon plus l'énergie d'en faire plus. Entre les deux, un burn-out, un an et demi de psy et de médocs, et surtout cette centaine de pages écrites à moi-même en secret, pour continuer de me rappeler ce qui frappe encore au fond de moi. Alors, son « gâchis », je le roule en boule, et je lui crache à la gueule.

Un bruit de pneus qui crissent sur les gravillons. Devant la maison, un SUV aux teintes minérales vient de se garer. Deux préados aux peaux brunies de soleil sortent en trombe, suivis d'une fillette aux cheveux blonds gaufrés. Théo, Noah, Chloé. Aussi lumineux en vrai que derrière les filtres d'Instagram. Et puis derrière eux, Léa. Sa minceur, ses cheveux libres, sa combi-short jaune comme un bouton d'or. On dirait que ses vingt-deux ans sont restés enroulés autour d'elle pendant toutes ces années. Et voilà, je la sens : cette toute petite aigreur qui pointe encore au fond de moi. « Elle a réussi. Pas toi. » Il va falloir que je sois forte. Que je résiste à ses picotements. Alors j'ouvre la porte.

— Léa !

— Sophie ! Oh comme je suis contente !

Elle me prend dans ses bras. Et tout comme le jour de ses fiançailles, quand elle m'avait accueillie devant le portail de la maison en pierre, je sens contre moi ses os minces. La fragilité de son corps contre le mien me frappe immédiatement. J'ai l'impression de tenir entre mes bras la même adolescente chancelante que celle qui s'affamait pour devenir belle, quand nous étions au collège. Celle que j'évitais toujours de serrer trop fort, de peur qu'elle ne tombe en morceaux.

— Je te présente Romain. Et voici mes filles. Isée et Maxine.

Les filles ont du mal à s'extirper de leur tablette ; elles traînent un peu des pieds, mais quand elles voient Chloé, aussitôt leurs yeux s'écarquillent, et je sens leur cœur qui s'ébroue. « Tu viens jouer ? »

Chloé émet un toussotement. Lève prudemment la tête vers sa mère.

— Bien sûr ma chérie. Mais d'abord enlève tes chaussures, veux-tu ? Pareil, les garçons.

Théo et Noah regardent autour d'eux avec des yeux un peu circonspects. Ils suivent d'un pas traînant les filles jusqu'à l'étage. J'entends de loin la toux de Chloé qui se perd dans l'escalier, comme un minuscule cognement.

— Je te rassure, ce n'est pas le Covid ; on s'est tous fait tester avant de venir chez mes parents, dit Léa en se frottant les mains de gel hydroalcoolique. Chloé tousse comme ça depuis deux ans.

Sur le canapé, elle me raconte. Ç'a commencé avec l'épidémie, au printemps 2020. Une petite toux sèche, pas plus forte qu'un raclement de gorge. Au début, on pensait que c'était le virus. Toutes les hypothèses ont été balayées : infection, asthme, reflux gastrique. Les examens n'ont rien donné.

— Le pédiatre a fini par conclure que c'était psychosomatique. Comme un tic nerveux. Il faut dire que Chloé est une petite fille ultrasensible… et l'actualité anxiogène de ces deux dernières années l'a beaucoup perturbée. Je l'emmène voir une kinésiologue depuis quelques mois. Parfois ça passe, et puis ça revient… J'avoue qu'à la longue c'est moi que cette toux finit par angoisser ! Enfin, tu comprends, toi aussi tu es maman…

Léa sourit, boit une gorgée de vin. Elle sourit tout le temps, c'est comme ça depuis qu'elle est petite.

C'était comme ça aussi quand elle pesait trente et un kilos et qu'elle clamait que tout allait bien. Mais je le sens, dans ses yeux, dans sa mâchoire, dans ses doigts qui jouent avec leurs cuticules, pour éviter soigneusement de toucher aux amuse-bouche : la tension de tout son être.

On entend au-dessus de nous, dans les chambres des filles, des petits pas qui s'égrènent et des rires qui pétillent. Visiblement, ça s'amuse bien. Dans la cuisine, Romain prépare la salade. Je sais déjà que sa présence sera fugace, que comme souvent il préférera s'atteler aux tâches pratiques plutôt qu'à l'art de la conversation. Romain n'est pas le genre d'homme à parler fort, à attirer sur lui les regards, comme le faisait Estéban le soir de ses fiançailles. Si on ne le connaît pas, on pourrait même le croire un peu antipathique. Mais Léa s'émerveille.

— Quelle chance tu as d'avoir un homme qui s'occupe de tout comme ça !

J'aimerais lui dire que ça n'a rien à voir avec la chance. Qu'après m'être dissoute dans une quête désespérée d'excellence domestique (à défaut d'avoir réussi ailleurs), c'était une urgence. Presque une question de survie. Renoncer à tout gérer moi-même. Exiger que nos armes soient égales. Et surtout, accepter l'imparfait. J'aimerais lui dire, à elle que je soupçonne d'être dans la même course folle que celle que j'ai vécue. Mais hors de question de passer pour la donneuse de leçon. Alors j'esquive.

— Pourtant dans mon souvenir, de vous deux c'est plutôt Estéban qui était aux fourneaux !

Je revois le garçon qui coupait les melons dans la cuisine de la maison en pierres. Celui qui enveloppait Léa dans ses bras immenses. Celui dont je pensais qu'il allait pouvoir la porter. Léa roule des yeux désabusés.

— Oh, maintenant, il a des choses plus importantes à faire, tu sais. Entre le cabinet, la clinique, et comme si ça ne suffisait pas, son mandat d'adjoint au maire depuis deux ans… Bref, comme tu peux le constater, je suis devenue mère célibataire !

Il y a comme un froissement dans son sourire.

Elle me confie ce que j'avais déjà deviné derrière le compte de Bubble_Tea : un mari presque jamais là ; une famille qu'elle porte à bout de bras ; les regrets parfois d'avoir quitté son travail, d'avoir tant renoncé.

— Alors tu vois, ce petit compte sur Instagram, c'est bête, hein, mais ça me remonte le moral. Estéban se moque de moi, il dit que je me prends pour une star de téléréalité. Parfois, on se chamaille là-dessus. Mais bon, moi je m'en fous, ça me fait du bien.

Tout à coup, les enfants descendent en trombe. Isée et Maxine se ruent sur les biscuits apéritif. Les enfants de Léa lèvent leurs yeux vers leur mère, avec le même air de demande de permission que Chloé tout à l'heure.

— Allez-y, allez-y ! Faites-vous plaisir !

Mais je vois les yeux de Léa qui ne peuvent s'empêcher de scruter ce qu'ils avalent. Surtout Chloé, dont chaque bouchée est ponctuée par un irrépressible toussotement.

— C'est prêt ! clame Romain de la cuisine.

Le repas se déroule dans la même tension contenue. Sourire d'apparat. Assiette à peine touchée. Mâchoire qui se contracte dès que Chloé émet le moindre raclement de gorge. Romain me regarde, l'air de se dire : « Pas si cool que ça, ta copine. »

— Et tes parents, comment vont-ils ? me demande Léa alors que les enfants repartent jouer et que Romain nous laisse à nouveau seules. Ma mère m'a dit qu'ils avaient vendu la maison il y a quelques années pour s'installer dans le Sud…

— Oh ils sont en pleine forme. Ils ont acheté une maison dans le Vaucluse, où on allait en vacances chaque année. Depuis qu'il est à la retraite, mon père écrit des romans qu'il publie à compte d'auteur. Il fait tous les salons du livre de la région. Bien sûr, ça fait enrager ma mère, qui préférerait qu'il tonde plus souvent la pelouse. Mais mon père ne s'est jamais autant épanoui. C'est l'essentiel.

— Eh, tu sais que j'ai eu des nouvelles de Tom il y a de cela un an environ ? Il m'a recontactée sur Insta… J'avais même l'impression qu'il me draguait… Bien sûr je me suis fait un plaisir de le rembarrer !

— Ah oui ? Et qu'est-ce qu'il devient ?

— Professionnellement, je crois que ça marche plutôt bien pour lui au Luxembourg… Par contre, sa vie privée…

Et elle me raconte que son divorce s'est très mal passé, qu'il n'a plus la garde de son fils, qu'il est encore en plein procès.

— Il m'a dit que son ex était une garce manipulatrice qui se faisait un plaisir de lui gâcher la vie… Lui bien sûr est irréprochable !

Je lance : « Évidemment ! » Léa n'en pense pas moins : connaissant le personnage, elle a de sérieux doutes…

— Tiens, en parlant de famille qui se déchire… tu es encore en contact avec Anouck Janowsky ? Tu sais que j'ai adoré son dernier…

— Non, on s'est complètement perdues de vue elle et moi. Ça fait longtemps.

À mon tour, c'est moi qui me raidis. Mon visage doit s'être assombri, car Léa s'arrête net.

— Et si on allait boire le café sur la terrasse ? dis-je pour briser la gêne.

Dehors, le soleil fait éclater le jaune des colzas derrière le jardin. Pas un bruit, à part celui du vent qui fait frissonner le champ. C'est là que je vis désormais. Très loin de Paris. Dans cette Lorraine où pourtant je m'étais juré de ne jamais faire ma vie.

— Tu sais, il y a un an et demi environ, j'ai fait un burn-out.

Et à mon tour, je lui raconte. Ce matin d'automne 2021, peu de temps après la rentrée où, tout à coup, j'ai eu froid. Si froid que je n'ai pas réussi à me lever. Je suis restée comme ça, rencognée, immobile dans mon lit, jusqu'au retour de Romain et des filles en début de soirée. Du jour au lendemain, mon corps est devenu sec. Glacé. Un corps sans peau ni chaleur. Comme si tout ce qui restait de moi, c'était une boule de douleur.

Je lui dis que c'était incompréhensible, ce burn-out. Alors que j'avais été insolemment gâtée par la vie. Boulot stable, mariage heureux, enfants et parents en parfaite santé. Aucune raison d'être mal. « Tu as tout pour être heureuse », disait ma mère. « Aucune raison de te plaindre. » Et pourtant, c'est tombé d'un coup. Ça m'a engloutie comme un vortex.

Léa m'écoute en silence, sans ciller.

Je lui raconte le chemin qui a suivi. Ce labyrinthe dans lequel j'ai dû m'enfoncer, pour gratter, pour creuser, pour arracher. Toutes ces ronces autour de moi, qu'il m'a fallu taillader. Jusqu'à retrouver cette jeune fille de seize ans qui rêvait d'être écrivaine. Celle dont je croyais avoir gâché la promesse, et dont je cherchais le pardon en me noyant dans une stérile performance.

— C'est fou quand même, cette loyauté qu'on s'impose, et dans laquelle on s'enferme.

— Loyauté à qui ? me demande Léa.

— Tu sais bien. À la personne qu'on était il y a longtemps.

Léa ne dit rien. Elle a terminé son café. Bientôt, il sera l'heure pour elle de rentrer. Il lui reste pas mal de route à faire. Et puis, les enfants vont être fatigués. Elle se relève, et je perçois dans ses yeux quelque chose qui tremble.

Les enfants redescendent. Remettent leurs chaussures. Demandent : « Maman, quand est-ce qu'on reviendra ? »

— Bientôt, promis !

Léa m'embrasse, je sens furtivement son odeur de crayons de couleur au coin du cou.

— On se revoit très vite, hein ? me dit-elle en plongeant ses yeux dans les miens.

Je lui souris, je les regarde s'engouffrer dans la voiture.

Romain me jette un coup d'œil un peu ironique.

— Tu crois vraiment que vous allez vous revoir toutes les deux ?

Et contre toute attente, je lui réponds que oui. J'en suis sûre et certaine.

24.

Après cinq ans d'absence, tu reviens à Metz. Comme un retour au point de départ.

L'appartement de la rue Saint-Maur a été vidé. Tu as rempli la voiture de Tom avec quelques valises et des cartons de livres. Vous avez roulé tout l'après-midi, jusqu'au vieil immeuble de la rue Taison où il habite. Ensemble, vous avez tout porté jusqu'au quatrième étage. Tu as fait un peu de place dans l'armoire, sur les étagères. Tu as poussé les vêtements de Tom pour te faire une petite niche. Déposé tes affaires de toilette dans la salle de bains. Tu as empilé tes livres par terre, en attendant mieux. Quand tout a été rangé, vous avez fait l'amour dans la chambre noire. Et puis, vous vous êtes écroulés sur le lit. Tom caresse le sillon entre tes seins. Tu es si heureuse que tu as l'impression que ça t'étouffe. Tu es loin de Paris, loin des boulevards où tes pas ont résonné, loin du serpent qui s'enroulait dans ton ventre quand tu étais trop seule, loin de tes espoirs déçus de grandeur intellectuelle. Tu veux croire que ta place est ici.

Dans cette ville à taille humaine, où tu ne seras pas dévorée. Dans cet appartement où Tom et toi allez tisser votre histoire.

Tu lui dis :

— Il faudra tout de même que j'aie mon petit espace à moi, tu sais. Un bureau, des étagères pour mes livres. Tu crois que tu pourrais me faire un peu de place ?

Tom se redresse dans un rai de lumière. Son visage se penche sur le tien. Sa main saisit tes mâchoires.

— Attends, tu viens à peine d'emménager chez moi et tu cherches déjà à m'éviter ? C'est quoi ça ?

Pendant une seconde, tu te demandes s'il est sérieux.

Et puis il éclate de rire. Et tu ris avec lui.

Tu ne le sais pas encore, mais c'est là, précisément, que tout s'arrête. Là que tu abandonnes pour des années ce territoire qui s'appelle toi-même, et que tu avais commencé à rencontrer ce soir d'août 2000 où tu m'avais écrit une lettre.

Car de lieu à toi, ici, tu n'en auras jamais.

Jamais de vrai bureau où écrire paisiblement.

Jamais d'étagère qui t'appartienne pour poser tes livres.

Et surtout, jamais d'espace mental.

Devant la table à tréteaux que Tom et toi vous partagez dans le salon, tu essaies pourtant de retrouver un rythme de travail. Tu commences un nouveau roman. Le *Troisième*. Bien décidée à oublier l'échec de Marina et de Jeffrey.

Au début, tu trouves ça charmant, toi et lui assis face à face à ce bureau, bossant tête baissée pendant des heures, vous interrompant pour manger, sortir en ville ou faire l'amour à n'importe quelle heure du jour ou du soir. Souvent, tu lèves les yeux de tes notes juste pour le regarder, lui, retouchant ses photos sur l'ordinateur ou répondant aux mails de ses clients, et tu t'attendris. Quelle image romantique. Lui le photographe, toi la romancière. Duo de créateurs flamboyants.

Vous avez de grandes conversations passionnées. Il te montre ses photos, tu lui fais lire tes textes. Vous vous flattez mutuellement, stimulés par les élans de l'autre. Il prend souvent des photos de toi, assise à ta place, sourcils légèrement froncés, une tasse de café devant toi. Parfois même, il te demande de poser, il te dit de faire semblant, d'écrire sur un cahier, de prendre un air un peu grave. *Portrait de Sophie en écrivain.* Écrivain. Tom se régale de ce mot-là. Il le claironne à tout bout de champ, comme ton père si fier d'avoir une fille publiée : « Ma copine est *écrivain.* » Tu ne t'en rends pas compte tout de suite. Mais ce mot te devient de plus en plus insupportable. Encore plus au masculin. Ce mot trop grand pour toi. Ce mot dans sa bouche qui sonne comme un mensonge.

Car malgré les apparences, tu piétines.

Parce que Tom trouve que tes livres sont « trop féminins » (« c'est peut-être pour ça, d'ailleurs, que le *Deuxième Roman* n'a pas marché, les hommes ne se sentaient pas concernés »), que tu devrais faire plutôt « des histoires avec une portée universelle », tu t'efforces d'adopter une voix qui n'est pas la tienne. Fini les histoires d'adolescence, les récits intimes à inspiration autobiographique : tu te lances dans une intrigue complexe, polyphonique, à la troisième personne, et qui s'étale sur plusieurs décennies. Ton ambition : écrire une grande fresque historique. Oh, tu travailles dur. Tu vas à la bibliothèque, tu accumules les documents, tu élabores une chronologie parfaitement ciselée, tu remplis des pages de notes, de dates, d'arbres généalogiques. Tu dresses les cartes d'identité de tous tes personnages. Il y en a une dizaine. Tu t'appliques. Tu ne ménages pas tes efforts. « C'est le prix à payer, penses-tu, pour écrire comme un homme. »

Et pourtant, à chaque ligne, tu mens. Tes personnages restent loin de toi. Comme si tu devais toujours te tenir à distance. Gommer tout ce qui pourrait révéler que derrière eux ne se cache que toi : Sophie B., la petite dinde qui avait écrit un roman d'ado et qui avait eu son heure de gloire en 2001.

Quand Tom s'absente pour ses séances photo à l'extérieur, tu te laisses aller. Tu apprends qu'il y a un mot pour dire cela : « procrastiner ». Pendant des heures, tu procrastines sur Internet.

Tu découvres ce nouveau site, Facebook, sur lequel Rose publie tous les jours et qu'elle t'a recommandé :

« Comme ça, on pourra rester en contact plus facilement. » Tu t'inscris à ton tour. En image de profil, bien sûr, une photo signée Tom. *Portrait de Sophie en écrivain.* Sur ton statut, fièrement, tu mentionnes : En couple avec Tom Gavanel. La tête des gens du lycée quand ils verront ça. Sophie is writing her new book. Sophie is reading Faulkner. Sophie is drinking tea in front of the window. Tes premiers statuts. Tu trouves ça amusant.

Mais ta nouvelle activité favorite, c'est la traque. Partir à la recherche des rencontres perdues. Toutes celles et tous ceux qui ont un jour traversé ta vie, que sont-ils devenus ? Sans rien en dire à Tom, tu délaisses ton roman pour les moteurs de recherche. Pendant des heures entières, tu t'y perds.

Anouck Janowsky ? Tu tapes son nom avec fébrilité. Rien sur elle pour l'instant. Mais tu ne désespères pas. Des mois durant, tous les jours, tu la cherches. Guettant, le cœur battant, l'annonce d'une éventuelle publication. Tu ne saurais dire ce que tu attends. Qu'un jour son nom s'affiche, ou qu'il tombe dans l'oubli – te laissant ainsi pour toujours le monopole du succès littéraire.

Cédric Masson ? Des milliers de résultats.

Cédric Masson culture Paris ?

Cédric Masson, Chef de projet senior chez Éminence Conseil depuis 2004. Éminence Conseil est un cabinet de conseil expert en stratégie au service de l'industrie culturelle (œuvres et objets d'art, spectacle, patrimoine). Accompagne ses clients dans la recherche de solutions innovantes, etc.

Sur la photo en noir et blanc, un visage bouffi. De petits yeux noirs malins, pochés de cernes plus sombres. Des cheveux noirs en brosse, toujours. Est-ce bien lui, ce quadra au col gras et à la peau fatiguée ? Est-ce bien lui, le même qui dans une autre vie s'est couché sur toi en te demandant si tu étais vierge ? Haut-le-cœur.

« Chantal Hoffmann » ? Des années, elle aussi, que tu ne l'as pas revue. Sur l'écran, des dizaines de couvertures de ses livres. Et son visage, toujours le même, doux, un peu lunaire, les longs cheveux gris derrière la nuque. Tu t'en veux de ne pas lui avoir écrit plus souvent. Mais en faisant défiler les articles, tu tombes au hasard sur ces mots qui te coupent le souffle : Après plus de vingt ans dans la même maison, Chantal Hoffmann suit son éditeur Pascal Tisserand chez Aurores Éditions.

Pascal Tisserand, changeant de maison, sans que tu en saches rien ?

Nouvelle recherche : Pascal Tisserand.

Article du *Monde*, 16 janvier 2007 : Longtemps cantonné au rôle de numéro deux, l'éditeur quitte la maison dans laquelle il a fait carrière pour devenir, à cinquante-cinq ans, PDG d'Aurores Éditions. Il sera remplacé par Éliane Jeanneret, attachée de presse réputée, promue directrice éditoriale.

Ta stupéfaction.

Dans ton estomac, le coup de poing.

Éliane, désormais éditrice. Elle te l'avait confié un jour, dans une vie lointaine : c'était son ambition, son rêve inavoué. Marre de se cantonner à la com. Elle voulait viser plus haut. Faire ce boulot longtemps réservé aux hommes. Au fond, n'était-ce pas déjà le rôle qu'elle s'était attribué quand tu lui avais confié le manuscrit du *Deuxième Roman* ?

C'est là que tout se fige.

Ce *Troisième Roman*, jamais tu ne le termineras.

En rentrant ce jour-là, te voyant prostrée, Tom s'indigne de ta défaite.

— Allez, enfin, prends les devants, ne te laisse pas aller, contacte Tisserand et demande à le rejoindre chez Aurores !

— Tu ne comprends pas ? Il ne m'a même pas informée de son départ. C'est plutôt clair comme message, non ?

— Et cette Éliane, là ? Qui te dit qu'elle ne te publiera pas ? Après tout, quand tu as signé ton premier contrat, ils se sont engagés à publier tes autres romans, non ?

— C'est un droit de préférence, mais ça n'engage à rien. Non, c'est fini, je te dis, pour ce monde-là je n'existe plus.

Tu attends que Tom te soutienne, qu'il t'aide à passer le cap. Il ne le fera pas. Les semaines qui suivent, son visage reste indéfectiblement fermé. Et puis, peu à peu, les mots commencent à sortir. Des mots acides. Tu n'as pas su t'y prendre. Tu aurais dû. Pas assez combative. Bonne excuse. Échec. Fiasco. Gâchis. Gâchis gâchis gâchis.

Malgré ses yeux dépités, tu te résous à passer le CAPES de lettres.

À la rentrée 2008, tu deviens prof de français.

Et voilà. C'est là que « tu » va se muer en « je ». Que nos frontières s'effacent. Là que, sans que tu le saches encore, tu deviens celle que je suis.

Aujourd'hui

Rentrée scolaire 2022 : je reviens dans le lycée où j'ai été élève.

Retour au point de départ.

Au printemps dernier, alors que je commençais à me sentir mieux, j'ai demandé ma mutation. Ça m'a pris comme ça, sur un coup de tête. L'intuition que je devais démarrer une nouvelle ère, après treize ans au lycée Chagall. Et, pour le faire, revenir où tout avait commencé.

J'arrive tôt à Metz ce matin. Je me gare au parking de la République ; j'irai au lycée à pied. Sur la place, je cherche des yeux la devanture du O'Carolan's Harp. J'irais bien y prendre un café avant d'attaquer ma journée. À quoi est-ce que je m'attends exactement ? Pousser la porte et retrouver Léa, Tom et tous les autres, sous la lueur verte des plafonniers ? Mais ici aussi, les années ont coulé. Le mythique pub irlandais est devenu un Starbucks. En sortent quelques ados version 2022, gobelet en carton à la main et écouteurs Bluetooth aux oreilles. Je les suis ; ils prennent le même chemin que moi : rue Harelle, porte Serpenoise, place du roi George. Et puis, la rue Wilson.

Je reconnais l'immeuble, l'interphone où autrefois je sonnais et où Anouck me répondait en imitant Chewbacca pour me signifier qu'elle était dispo et que je pouvais monter. Et quelque chose en moi se soulève. Une femme sort de la porte cochère avec une poussette. Sait-elle qu'ici, dix-huit ans plus tôt, une autre qu'elle est morte la tête dans son évier ? Les murs se souviennent-ils des cris, de l'odeur de bière, de Led Zeppelin à fond sortant de la chaîne stéréo ? Les images me reviennent et, pendant tout le reste du chemin, elles ne me quittent pas. Le buffet et la pyramide de bières. Le couloir d'où résonnait une musique assourdissante, quelle que soit l'heure de la journée. Et la chambre d'Anouck, comme une île au milieu de tout cela. La forêt de livres ; l'affiche de *Jules et Jim* au-dessus du lit ; le petit piano droit où elle jouait nue en sortant de la douche.

Où est Anouck, que fait-elle en ce moment précis ?

J'arrive place de Maud'huy. Le lycée se dresse, avec sa façade jaune en pierre de Jaumont et son architecture impériale typique de l'Annexion. À l'intérieur, c'est resté comme dans mes souvenirs : les hautes fenêtres, le grand escalier en granit, l'ancienne chapelle transformée en gymnase. Même mon ancien prof de philo est toujours là : je le retrouve en salle des professeurs, cheveux rares et visage élimé. C'est désormais un sexagénaire en bout de carrière. Mais ses yeux clairs sourient toujours.

— Mais oui, Sophie ! Comment aurais-je pu t'oublier ?

Je suis presque surprise par le tutoiement, comme si j'avais oublié que nous sommes désormais collègues. D'ailleurs, m'informe-t-il, nous partagerons cette année une classe de terminale à spécialité « humanités ». À mon époque, on appelait ça la série « L ».

Nous montons ensemble les escaliers jusqu'à nos salles respectives. À mesure que l'étage se rapproche, les souvenirs lui reviennent. Il me dit : « Mais oui voyons, c'était l'année des attentats du World Trade Center ! Et tu avais rendu copie blanche au premier bac blanc, hein, n'est-ce pas ? Il avait fallu convaincre ta mère de te laisser une chance pour que tu postules en prépa à Paris… Oui, je me rappelle, coriace ta maman ! Tiens, voilà ta salle. »

Il arrête à nouveau ses yeux sur moi. Je me demande s'il va me poser la question que je redoute toujours. Pourquoi je n'ai pas écrit plus de livres. Par quel malheureux hasard j'ai atterri dans l'Éducation nationale au lieu d'obtenir le prix Goncourt.

Mais non. Il me sourit, pose sa main sur mon épaule, et me dit : « Allez, bienvenue de nouveau parmi nous ! Ça fait plaisir de te voir ici. »

Je ne sais pas quoi répondre. Je le regarde s'éloigner dans le couloir, son pas légèrement désaxé par le poids de sa mallette. Les larmes me monteraient presque aux yeux, s'il n'y avait pas devant moi toute une assemblée d'adolescentes rivées sur leur smartphone, attendant que je leur ouvre la salle.

Et les voilà. Les terminales G4, spécialité humanités. Rien ne les distingue des élèves que j'ai eus pendant quinze ans au lycée Chagall : de grandes échasses qui me dévisagent avec un regard impassible, l'air de ne pas s'en laisser conter. C'est un petit groupe, une vingtaine. Les irréductibles littéraires du lycée, celles qui n'ont pas choisi les voies royales des maths ou de l'économie, ou peut-être ne s'en sentaient pas capables. Cent pour cent de filles. Cheveux longs en rideau autour des visages maquillés. Crop tops, jeans taille haute, sneakers. L'une d'elles, je le remarque, est à la frontière des genres. Elle a les cheveux bleus, une chemise de bûcheron ouverte sur un débardeur noir et un piercing à l'arcade, comme les skaters des années 2000.

Premier exercice : la traditionnelle fiche de rentrée. Je passe dans les rangs. Devine sur les feuilles à carreaux les projets d'études, les professions envisagées, les rêves timidement avoués : *fac de droit à Nancy pour devenir juriste – BTS communication bilingue allemand – psycho ou socio, j'hésite encore – école d'arts, mais mon vrai projet c'est d'être tatoueuse.* Aucune étude de lettres en perspective. Encore moins d'ambition de carrière littéraire.

Le cours commence, et dans mon ventre se lève ce petit vertige habituel. Je sais en général que tout, ou presque, se joue ici. Dans ces toutes premières minutes de l'année.

Sur le tableau, j'écris le programme du premier semestre :

LA RECHERCHE DE SOI

Les élèves ouvrent placidement leurs trousses et leurs trieurs. Pour l'instant, on ne peut pas vraiment dire que le sujet les enthousiasme.

Je pourrais utiliser le jargon attendu, leur parler d'expressions de la sensibilité, de métamorphoses du moi ; je pourrais leur montrer ce que j'ai sous le capot en leur déballant du Paul Ricœur et son concept d'identité narrative. Mais je préfère jouer la carte émotion.

Je sors de mon sac ce roman de Marie NDiaye, *Trois Femmes puissantes*, que j'ai relu cet été. Je leur raconte l'histoire de Khady Demba, la troisième femme. Celle qui se retrouve sans biens ni enfants après le décès de son mari au Sénégal. Je leur raconte sa dignité. Sa certitude de compter autant que quiconque, alors même que sa belle-famille lui dénie toute valeur. Et je leur lis ce passage qui m'avait moi-même bouleversée :

« … elle avait toujours eu conscience d'être unique en tant que personne et, d'une certaine façon indémontrable mais non contestable, qu'on ne pouvait la remplacer, elle Khady Demba, exactement… quand bien même nul être sur terre n'avait besoin ni envie qu'elle fût là. »

Je prends mon temps pour lire. Ma voix est calme, posée. J'aimerais qu'elle soit aussi digne, aussi forte que celle de Khady.

« Elle avait été satisfaite d'être Khady, il n'y avait eu nul interstice dubitatif entre elle et l'implacable réalité du personnage de Khady Demba.

…. À présent encore c'était quelque chose dont elle ne doutait pas – qu'elle était indivisible et précieuse, et qu'elle ne pouvait être qu'elle-même. »

Je sais que mon sort n'a rien à voir avec le sien. Que je suis blanche, presque bourgeoise, parfaitement validée par la société. Je sais à quel point je suis loin d'elle. Et pourtant ces mots résonnent en moi et me réparent dès que je les lis.

Je lève les yeux. Je rencontre les leurs, qui se posent sur moi comme des billes.

Je ne sais pas ce qu'elles pensent. Si en elles aussi, quelque chose a tremblé. Mais j'aimerais leur dire : « Vous ne le savez peut-être pas encore, mais, sans conteste, vous l'êtes aussi. Indivisibles et précieuses. »

La sonnerie retentit. Ce sera tout pour aujourd'hui. Pour la prochaine fois, prenez vos agendas, et notez : *Rédigez une lettre à la personne que vous serez dans vingt ans. Deux pages environ.*

Dociles, les filles notent le travail, même si je sens, dans les regards qu'elles s'échangent, une pointe de circonspection.

Alors qu'elles commencent à se lever, je me souviens soudain du plus important, ce que je m'étais pourtant promis de ne pas oublier. Ma voix se lève dans le brouhaha naissant :

— Oh, à propos ! Si vous êtes intéressées, j'organise un atelier d'écriture ouvert à tout le monde, le vendredi entre midi et treize heures, dans cette salle même. N'hésitez pas à venir vous inscrire !

J'ignore si le message est passé. Elles défilent devant moi, me disent poliment « au revoir madame », puis disparaissent dans le couloir, le nez déjà englouti dans leur smartphone.

Seule l'élève aux cheveux bleus s'arrête à mon bureau.

— Est-ce que je peux déjà m'inscrire pour l'atelier ?

— Bien sûr ! Comment tu t'appelles ?

Toute fière, je sors mon stylo et ma fiche d'inscription.

— June Fleury-Janowsky.

Je marque un temps d'arrêt. Les yeux café de la jeune fille me fixent, comme suspendus. J'ai l'impression que je vais tomber dedans.

— Janowsky… J-A-N-O-W-S-K-Y…

— …

— Comme Anouck Janowsky, vous connaissez peut-être ? … Je suis sa nièce.

25.

Maintenant que « tu » es devenue « moi », je vais te raconter ce qui t'attend. Mon histoire est bientôt finie. Je ne fais que relier entre eux les deux bouts qui nous prolongent.

Ton premier poste sera un lycée de l'Est mosellan, à Saint-Avold. Le lycée Chagall. Pour y aller, tu devras prendre l'autoroute, traverser des paysages de champs, d'éoliennes et d'usines à charbon. Souvent, Tom te dira : « Toi prof là-bas, c'est donner de la confiture aux cochons. J'espère que tu trouveras mieux bientôt. »

Tu y passeras treize ans.

Contre toute attente, c'est dans ce lycée que tu trouveras ta place. Chaque jour, tu le rejoindras comme un endroit familier. Loin du milieu littéraire, loin de la Sorbonne, loin de Tom et de ses rêves d'absolu. Un endroit *à ta hauteur.*

Toi qui n'as jamais su prendre la parole en public, toi qui n'as pour toi-même aucune estime, tu t'étonneras de faire cours avec autant d'aisance. Devant ces adolescents assis devant toi, tu te trouveras une épaisseur jamais soupçonnée. Toi l'austère, la solitaire, tu t'apprendras énergique, enthousiaste, parfois même drôle. Tu oublieras les heures de route quotidiennes, les paysages métalliques, les couloirs gris aux odeurs de cantine. La classe sera ton refuge. L'espace que tu n'auras jamais rue Taison, il est là, le voici : dans la salle 240, où pendant des centaines d'heures tu commenteras les textes de Flaubert, de Camus ou de Duras. C'est là que tu seras toi-même. Sans inquisiteur. Sans faux-semblants. Là que ton cœur recommencera à frapper, sans craindre les défis, les gamins désabusés, les misères sociales, le niveau parfois désastreux. Là que tu te découvriras capitaine, capable d'emmener loin d'autres que toi.

Mais en dehors de là, à Metz rue Taison, avec Tom, ta vie se rétrécira. Mois après mois, tu te recroquevilleras sur toi-même. Tu te grignoteras, morceau par morceau.

Car après ton renoncement à l'écriture et ton choix de devenir prof, Tom te méprisera.

Tu te plieras à ses humeurs de plus en plus changeantes, à ses promesses d'amour, et puis d'un instant à l'autre, à son visage fermé, ses agacements, ta simple présence qui le dérange.

Tu te plieras à sa tyrannie, ses exigences et ses interdits, comme celui d'acheter des produits trop sucrés lorsque vous ferez les courses ensemble, parce que, quand même, depuis que tu bouffes à la cantine, tu te laisses aller. Tu t'empêcheras ; tu t'affameras ; jusqu'à redouter ses yeux posés sur toi chaque fois que tu avaleras quelque chose. Parfois, dans des moments de pulsion, tu céderas. Tu iras t'acheter en douce des paquets de sucreries, tu les cacheras dans ton recoin de l'armoire (le seul espace d'ailleurs qui sera vraiment à toi), et tu profiteras des absences de Tom pour te remplir honteusement – comme à l'époque où tu préparais le bac.

Tu te plieras à ses besoins de sexe, à sa bite dressée sous ton nez lorsqu'il sortira de la douche avec une petite envie de baiser, à ses négociations et ses bouderies toutes les fois où, de fatigue, tu n'auras pas envie. Tu le croiras quand il te dira : « Oh c'est bon, tu pourrais faire un effort » ; « Me dis pas que ça te fatigue comme ça de corriger des copies » ; « C'est pas normal » ; « T'es peut-être devenue frigide ». Souvent, tu le laisseras faire, tu feras semblant, tu serreras les dents. Dans ces moments-là, l'image de Cédric remontera en toi. « Détends-toi, t'es trop crispée. » Mais malgré tout, tu continueras de ne pas dire non. Tu t'obligeras, en te disant qu'après tout c'est pas grand-chose.

Tu te tordras chaque fois que ses yeux se poseront sur les autres filles, chaque fois qu'il te reprochera de ne plus faire de lui le célibataire affranchi qu'il était avant toi ; chaque fois qu'il ramènera l'une d'elles dans l'appartement pour la photographier et la flatter sous tes propres yeux ; chaque fois qu'il te parlera de Léa en soupirant, comme s'il regrettait sa beauté et ses fiançailles et leur histoire perdue – jusqu'à ce que, pétrie de jalousie, tu décides de couper tout contact avec elle.

Parfois, dans un sursaut, tu résisteras. Tu laisseras son amertume se déverser sur toi, convaincue de n'y être pour rien. Mais cela ne durera jamais longtemps. Toujours, c'est sa fragilité qui comptera plus que la tienne. Toujours, c'est ta culpabilité qui l'emportera.

À cette période, 2008 ou 2009, je ne sais plus, Rose passera te voir quelques jours, au milieu d'un road-trip en solitaire à travers l'Europe. Je me rappelle. La joie de la retrouver, elle, son accent, ses grands yeux étonnés, sa bouche immense et son rire qui s'envole. Et puis, cette sensation étrange d'être aux côtés de quelqu'un de réellement *bienfaisant*. Je me rappelle aussi l'humeur massacrante de Tom, une fois qu'il comprendra que Rose ne se séduit pas aussi facilement que toi et les autres filles. Son exaspération face à l'appartement en désordre, aux excès alimentaires de ta copine, et surtout face à vos confidences et à vos fous rires. Je me rappelle surtout ta honte, chaque fois qu'il te sermonnera devant Rose.

Tout au long du séjour, Rose ne dira rien. Mais à son départ, elle plantera ses yeux dans les tiens : « Écoute *sweety*. Je n'ai pas l'habitude de juger comme ça le choix de mes copines, mais là, *fuck*. Tom est, comment vous dites déjà ? Tom est un petit connard. »

Tu répondras par un sourire impuissant. Le même que celui de Léa, bien des années plus tard, quand elle viendra te rendre visite avec ses enfants.

« Un petit connard. »

Il serait simple de partir. Tes parents habitent tout près. Il suffirait de réunir le peu d'affaires que tu possèdes, et de prendre le bus jusqu'au lotissement. Il suffirait de cela : revenir dans ta maison d'enfance, serrer ton père dans tes bras, et dormir dans ta chambre, longtemps, jusqu'à ce qu'il t'oublie.

Mais non. Tu t'accrocheras. Tu t'agripperas de toutes tes forces. Comme tu t'es agrippée à Éliane et à l'appartement de la rue Joseph-Bara et à ton rêve littéraire. Tu t'agripperas à ton histoire avec Tom, parce que, crois-tu, c'est elle qui te donne toute ta valeur. Et que si elle s'effondre, alors ton échec sera complet.

Sans cesse tu repenseras à cette adolescente qui écrivait *Tom Gavanel* sur les lignes de son petit cahier. Et envers et contre tout, tu t'interdiras de la trahir.

Aujourd'hui

Chaque vendredi, à midi, une fois que les élèves de mon dernier cours ont vidé la salle, je reste là, au milieu des tables et des chaises vides, et j'attends. Cœur suspendu.

La première fois, elles étaient trois à pencher leur tête derrière la porte. « On peut entrer ? » Il y avait June, sa petite copine de TG2, et une autre fille de BTS.

La deuxième fois, ils étaient cinq. Une fille de première, qui avait traîné avec elle son petit ami.

La troisième fois, huit. Des gens qui avaient entendu dire qu'apparemment ici c'était sympa.

Et depuis octobre, ils sont une petite dizaine.

Chaque vendredi, debout au milieu de ma salle vide, je les attends. Je me demande s'ils vont revenir. Je me dis que c'est la fin de la semaine, qu'il est midi, qu'ils ont besoin de se poser à la cantine plutôt que de manger un sandwich en vitesse. Je me dis qu'il commence à faire froid, qu'ils sont fatigués, qu'ils ont du travail, mieux à faire en tout cas que de venir ici.

Mais toutes les semaines, ils sont là.

Ils s'assoient autour de moi devant les tables en U. Sortent de leurs sacs de quoi écrire, souvent une simple feuille, parfois un petit carnet réservé à l'écriture. Au début, ils ne parlaient pas beaucoup. Ils se regardaient, prudents, timides, comme s'ils étaient venus à une réunion des Alcooliques anonymes. Et puis, au fil des semaines, ils ont fini par laisser de côté leurs appréhensions et leurs petites gênes. « On va pas se mentir, a lancé un jour un garçon à la fin d'une séance, si on vient ici c'est qu'on est tous un peu déglingué, pas vrai ? » Ç'a détendu l'atmosphère.

Chaque fois qu'un nouveau arrive, je le dis : « Ici, je ne suis pas prof, et vous n'êtes pas des élèves de français. Ici, je ne vous ferai aucune remarque sur votre orthographe ou sur votre syntaxe. Je ne vous jugerai pas sur votre style. Je ne mettrai pas de note. Je m'en fous de la beauté de vos phrases, des figures de style que vous emploierez ou pas, je m'en fous que vous écriviez comme Proust ou Hugo. On est bien d'accord ? Ici, c'est un espace et un temps rien qu'à vous. C'est une heure où vous avez le droit. »

Je leur dis que personne d'autre n'est plus légitime pour parler de ce qu'ils connaissent le mieux : eux-mêmes.

Et je cite ces mots de Rébecca Chaillon dans *Lettres aux jeunes poétesses*, que j'ai affichés sur le mur à côté du tableau : « Ce que tu vis compte autant que ce que tu vois compte autant que ce qu'on te dit compte autant que ce que tu lis, comptera bien plus quand tu l'écriras. »

Pendant une heure, ils écrivent. Parfois aussi, ils n'écrivent pas. Parfois, ça met du temps à venir, pendant trente minutes ils restent là, immobiles, légèrement dépités, à regarder l'heure qui tourne ; et puis tout à coup ça vient, et sous leurs doigts l'écriture se met à couler, et ils ne peuvent plus s'arrêter. Un quart d'heure avant la fin, on pose les stylos, et on lit. Chacun son tour. Souvent, avant de démarrer, ils disent : « Je vous préviens c'est pas terrible » ; « Aujourd'hui j'avais pas d'inspiration » ; « C'est de la merde, mais je vous le lis quand même ». Leurs lèvres palpitent toujours un peu quand ils se lancent. C'est ce moment-là que je préfère. Celui où leur voix se lève. Celui où leur fragilité mise en mots leur donne soudain une contenance, une épaisseur, et les fait exister.

Leurs textes évoquent la terre qui crame et leurs cœurs qui brûlent. Ils disent l'amitié à tout rompre, la solitude, la révolte, le lycée le bac et Parcoursup, leurs seums et leurs kiffs, la guerre en Ukraine, la menace nucléaire et le climat flingué, la planète qui part en vrille, l'avenir qui les attend et leur fout une putain d'angoisse, la noirceur, la beauté et la folie de ce monde.

Ils écrivent des lettres à leurs petites sœurs, des poèmes, des fragments, des slams, des pamphlets, et parfois tout cela à la fois. Leurs mots ressemblent à des murmures et à des cris de rage. Séance après séance, ils s'imposent, ils tremblent moins. Ils n'ont plus peur des regards, de passer pour des geignards ou des fous à lier. Ils disent : « Je suis là. Et mon histoire compte aussi. »

June est toujours la première à se lancer, quand personne n'a le courage de lire son texte. Elle donne l'impulsion. Elle n'a pas peur. Si un tel atelier d'écriture avait existé au début des années 2000, j'imagine que c'est aussi ce qu'aurait fait Anouck. La première à se lever, et à dire haut et fort ce qui l'habite. Souvent, à travers elle, c'est sa tante que je vois.

Bien sûr, je n'en dis rien. J'écoute, je ne fais pas de commentaire. June ne sait pas que dans une vie antérieure, au sein même de ce lycée, Anouck et moi étions meilleures amies. Elle ne sait pas, nos petits papiers échangés pendant les cours tout en donnant l'illusion aux professeurs d'être des élèves ultra-sérieuses ; nos pas de danse sur Daft Punk sur le petit balcon de la rue Wilson, en plein milieu de la nuit ; notre amour sans faille pour Kusturica, Jim Morrisson et Chewbacca. Elle ne sait pas, cette promesse qu'on s'était faite à l'aube d'un jour de juillet, pelotonnées sous une couverture, que notre vie serait une belle histoire à raconter.

Chaque vendredi, je me jure qu'à la fin de la séance je lui parlerai.

Mais je n'ose jamais.

Et puis finalement, c'est elle qui est venue.

Je l'ai tout de suite deviné, à sa façon de s'attarder pour ranger ses affaires à la sonnerie, puis de dire à sa copine : « Ne m'attends pas, je te rejoins en anglais. » J'ai senti mon cœur cogner fort, comme si c'était Anouck elle-même qui s'avançait vers moi.

— Oui June ? Tu as quelque chose à me demander ?

Alors, elle a sorti de son sac un vieil exemplaire du *Premier Roman.*

— Est-ce que vous pourriez me le dédicacer s'il vous plaît ? Je viens de l'acheter sur Internet… J'ai hâte de le lire, c'est dingue que vous l'ayez écrit alors que vous étiez élève ici.

J'ai l'impression de chanceler.

Cela fait une éternité que l'on ne m'avait plus demandé de dédicace. Des années même que l'on ne m'avait plus parlé de mes livres autrement que pour me demander pourquoi je n'en avais pas écrit d'autre.

June doit percevoir ma gêne.

— Ça ne vous embête pas j'espère ? En fait, c'est mon père qui m'a dit que vous aviez écrit des livres… Je lui ai parlé de vous, de votre atelier d'écriture, et direct il s'est souvenu de vous ! Il m'a dit qu'il vous connaissait bien à l'époque… Que vous étiez même la meilleure amie de Nanou… enfin je veux dire, de ma tante.

Je dois m'asseoir. J'ai l'impression de m'être pris une bourrasque dans la figure.

— Oui… Ça fait bien longtemps tout ça… C'est Vadim ou Solal ton papa ?

Elle me dit que c'est Vadim, qu'il l'a eue jeune, à vingt-cinq ans. Ses parents se sont séparés quand elle avait deux ans. Son père n'a jamais quitté la région. Avant il bossait chez Arcelor, et puis il y a eu la crise de 2008 et il est resté presque deux ans au chômage. Ensuite il a fait plein de boulots, chez Casto, Darty ou Amazon. Maintenant il est gérant d'un Buffalo Grill dans la zone commerciale. Ç'a été compliqué avec la crise sanitaire, mais maintenant les affaires reprennent bien.

Quant à Solal, son parcours a été plus chaotique. En 2013, quand leur père est mort en prison d'un AVC, il a commencé à déconner sérieusement. À rouler trop vite en bagnole. À se croire immortel. Un jour, il a eu un accident sur une départementale, sa voiture a percuté celle d'une femme enceinte. Finalement ça s'est bien terminé, le bébé et la mère s'en sont tirés, mais ç'a été un électrochoc. Après ça, Anouck l'a sacrément secoué. Elle l'a pris dans son équipe. Maintenant, il bosse avec elle et ça va mieux.

Aussitôt, mes yeux se troublent. Je n'ose pas lui dire que, malgré un flot d'informations à portée de mains, je suis sans doute la dernière personne à ignorer ce qu'Anouck Janowsky est devenue.

Un léger silence se creuse entre nous deux.

— Vous savez, me dit June, je suis sûre qu'elle serait trop contente, Anouck, d'avoir de vos nouvelles.

— Eh bien… Tu sais quoi, dis-lui que… que je lui transmets toute mon amitié… et à ton père et à ton oncle aussi… Voilà… Au fait, je vais peut-être te la faire cette dédicace, sinon tu seras en retard en anglais !

À mon tour, c'est moi qui tremble. Tout se brouille dans ma tête, le stylo est lourd dans ma main, je ne sais même pas comment j'ai la force de le soutenir. Qu'est-ce qu'on est censé mettre encore dans une dédicace ? Je suis rouillée. Je ne sais plus faire.

C'est alors que je me souviens de ma toute première rencontre avec des lecteurs dans une librairie de Nancy, à l'automne 2001. Je me souviens des conseils que m'avait donnés mon père dans la voiture. Je me souviens de Tom Gavanel qui était venu me voir, et à qui j'avais pompeusement écrit : *Avec mon plus cordial hommage.*

Pour oublier ma fébrilité, je raconte tout ça à June ; elle rit aux éclats. Alors soudain, tout se décrispe.

Je prends mon stylo, et d'une traite, sans hésiter, j'écris :

À June,
Et à toutes les belles promesses que tu portes en toi.
Merci du fond du cœur.
Sophie B.

Je lui tends l'exemplaire. Je me suspends à ses yeux qui parcourent mes mots. À l'époque, c'était toujours le moment que je trouvais le plus délicat. Le moment où je me sentais un peu bête, à me demander si ma dédicace était suffisamment personnelle et originale, ou si elle ne contenait pas une atroce faute d'orthographe.

Mais June relève vers moi ses yeux café, et son sourire balaie tout :

— Merci à vous, madame. Vraiment. Vous savez, c'est précieux, ce que vous faites.

26.

Tu quitteras Tom un matin d'août 2009. Quelques mois après Ostende.

Tu redouteras une rupture compliquée, des rechutes, des atermoiements et des « OK, je nous laisse une dernière chance. » Mais en fait ce sera très simple. À son réveil, tu l'attendras debout dans l'entrée de l'appartement, tes valises et ton carton de livres à tes pieds. Tu le regarderas feindre d'abord l'indifférence, te dire « Je m'en fous, je serai mieux sans toi ! », puis fulminer, te reprocher de n'être qu'une conne, une égoïste, une perverse narcissique, de lui avoir fait perdre son temps. Tu le regarderas hurler, cogner au mur, puis se mettre à chialer, te dire qu'il voulait te faire un bébé, que c'est une merde, qu'il a tout foiré, qu'il va se foutre en l'air. Pour la première fois, tu penseras au père d'Anouck. Jamais jusque-là tu n'avais osé faire le parallèle. Après tout, au fond, Tom est un bon garçon. Il n'a jamais levé la main sur toi. Mais ce jour-là, tu comprendras que dans ces mots aussi, ces mots couchés sur toi depuis des années, ces mots qui t'ont diminuée, la violence était là. Irréductible. Tu le regarderas et, pendant ce temps, tu t'étonneras de la facilité avec laquelle tu laisseras ces mots glisser soudain sur toi. Il t'aura fallu tout ce temps pour le comprendre : Tom ne t'appartient pas. Sa rage. Sa folie. Rien, rien de tout cela ne t'a jamais appartenu.

Pendant un an, tu retourneras vivre chez tes parents, dans la petite chambre à la tapisserie rose saumon qu'ils ont conservée quasiment en l'état. Sur ton bureau d'adolescente, tu prépareras tes cours, tu corrigeras tes copies, tu rempliras tes bulletins. Et aussi, tu prépareras l'agrégation. Le travail, encore, pour rassembler ta vie en morceaux. Comme quand tu avais passé le bac, en 2002, pour taire les assauts de la mélancolie. Dans ces dix mètres carrés, tu réviseras, tu feras les cent pas pour apprendre par cœur des citations, tu feras des dissertations de quinze pages sur Beckett, Marivaux et les destinées féminines pendant le naturalisme. Tu en baveras, tu te relèveras, parfois même tu t'éclateras.

Et puis tu réussiras.

Ces années-là, 2009, 2010, 2011, tu apprendras à te réparer. À t'aimer un peu plus. À faire ce qui t'appelle, sans te soucier de réussir. Tu retourneras outre-Atlantique pour aller voir Rose, installée désormais à Toronto avec sa femme. Tu te couperas les cheveux. Tu mangeras beaucoup de sucre. Tu prendras un appartement. Tu feras du théâtre, tu apprendras l'italien, tu t'essaieras au volley, à la boxe française et même aux claquettes. Tu noueras des amitiés avec des collègues du lycée. Avec eux, tu te feras des bouffes, des randos, des trajets en bus et des visites de musée avec des élèves surexcités, de l'accrobranche, des manifs, des sessions de ski dans les Vosges, des jeux de plateau jusqu'à deux heures du mat, des débats politiques, des soirées raclette, des concerts, des verres en terrasse, des déménagements et des pendaisons de crémaillère. Tu apprendras ce que c'est, avoir une vie normale, une vie comme tout le monde, sans ambition ni compétition. Et tu t'en contenteras, convaincue que c'est exactement là que tu dois être. Une vie *à ta hauteur*.

Tous les matins, tu traverseras la Moselle, les paysages d'éoliennes et les champs de colza, dans ta petite 206+. C'est pendant ces longs trajets que les regrets, souvent, te rattraperont. Que tu repenseras à tout ce que tu as laissé derrière toi. Anouck. Léa. L'écriture. Parfois, la petite voix de l'inquisiteur reviendra susurrer à ton oreille : « Échec. » « Fiasco. » « Gâchis. » « Confiture pour les cochons. » Alors, pour ne plus l'entendre, et parce qu'après tout l'autoroute et l'essence ça commence à coûter cher, tu te mettras au covoiturage. Tu feras désormais la route avec deux collègues qui vivent comme toi au centre-ville de Metz : une prof de lettres classiques bientôt à la retraite, qui passe les trajets à déplorer le niveau des élèves, la pauvreté des programmes, et ces parents ne sachant plus éduquer correctement ; et un prof de physique-chimie, grand, sec et taiseux, qui s'assoit à l'arrière et dont tu aperçois dans le rétroviseur les mimiques pleines d'ironie chaque fois que la collègue de devant profère une nouvelle ineptie.

Ce prof de physique-chimie, c'est Romain.

Un jour, en janvier 2011, tu emmèneras tes élèves à une représentation théâtrale à Forbach. Je m'en souviens. Une somptueuse adaptation de *Quartier lointain* de Taniguchi – ce manga qui raconte le voyage dans le temps d'un quadragénaire, redevenu l'adolescent qu'il était autrefois. Romain se proposera comme accompagnateur. Il est fan de Taniguchi. Après le spectacle, vous regagnerez Metz tous les deux en voiture. La nuit sera glacée, un peu irréelle, vous parlerez du Japon, de théâtre et de voyage dans le temps, à un moment donné tu diras un truc, je ne sais plus quoi, et ça le fera rire aux éclats, et immédiatement tu adoreras ce rire, et tu voudras le faire rire encore, et que ça ne s'arrête jamais.

Cette conversation commencée ce soir-là, dans la voiture, vous ne l'interromprez plus.

Six mois plus tard, vous partirez au Japon tous les deux.

Et six mois plus tard encore, tu attendras Isée.

Vous achèterez une maison dans un village à l'est de Metz, une maison aux volets bleus qui donne sur les champs de colza. Tu auras ton lieu à toi, avec de grandes étagères de livres, un bureau, des photos du Japon et des petits mots laissés par des élèves en fin d'année accrochés sur un pêle-mêle. Chaque jour, en entrant dans cette pièce, juste avant de te mettre au travail, de te plonger dans un livre ou dans une préparation de cours, tu t'accorderas quelques secondes pour regarder tout autour de toi, et te dire, comme pour ne pas l'oublier : « Voilà ce qui m'appartient. »

Tu auras deux filles, Isée et Maxine. Deux sœurs. Deux soleils. Brunes et pâles, comme moi. Yeux verts pailletés d'or, comme Romain. Isée sera fougueuse et voltaïque ; elle jouera du hautbois, fera des prouesses en escalade, et voudra devenir biologiste marine pour protéger les bélugas qui se perdent dans la Seine. Maxine sera rêveuse et solitaire ; elle aimera s'inventer des histoires pendant des heures, écrira pour de faux à côté de toi pendant que tu corrigeras tes copies, et quand elle sera grande elle fabriquera des dessins animés qui vont dans la télé. Derrière leurs pas, elles sèmeront des éclats de rire et de folie, des souvenirs scintillants comme des petites lucioles, des bouts de papier avec écrit *Je t'aime pour toujours maman, même quand tu seras morte*. Et de tout cela, chaque jour tu te rempliras, en te murmurant à toi-même : « Cela m'appartient. »

Longtemps tu chercheras à être pour elles une mère parfaite, une mère réussie, en te promettant que, s'il y a un domaine dans lequel tu n'as pas droit à l'échec, c'est bien celui-là. Tu redoubleras d'énergie pour suivre les règles scrupuleusement. Porter. Éduquer avec bienveillance. Faire des activités stimulantes. Tu te transformeras en maman hélicoptère, en maman performante, en maman infaillible, veillant chaque jour à « leur offrir le meilleur », à « éveiller leur potentiel ». Qu'elles deviennent, à leur tour, des enfants réussies. Que jamais rien en elles ne soit *gâché*.

Pendant des années, tu te refuseras d'écrire. Tu empêcheras les histoires et les mots de sortir de toi. Doucement, en silence, tu les tordras tout au fond de ton être. Autour de toi, on saura que c'est un sujet qu'il ne faut désormais plus aborder. Même ton père s'abstiendra de te demander, comme il l'a fait si longtemps : « Alors, tu en es où dans tes projets ? » Affaire close : Sophie B., la petite prodige de la rentrée littéraire 2001, est tombée dans l'oubli. Comme on l'avait prédit, ses jeunes lauriers n'étaient finalement qu'une couronne mortuaire. Son succès, un hasard. La preuve en est : quand tu taperas ton propre nom sur les moteurs de recherche, tu ne tomberas plus que sur des articles archivés et des sites de vente d'occasion où l'on proposera de vieux exemplaires de tes romans.

Mais tu n'oublieras pas. Chaque année, tu verras arriver la fin de l'été avec la même angoisse au creux du ventre, non pas à cause de la reprise des cours, mais de la rentrée littéraire qui s'affichera sur les étals des librairies, comme pour mieux te narguer. Tu guetteras le nom de toutes celles et de tous ceux que tu as autrefois connus ; tu jalouseras leurs succès ; tu te rassureras de leurs échecs. Mais le pire, ce sera de voir triompher les auteurs de ta génération. Ou pire encore : les plus jeunes que toi. Ce sera de les entendre dire en interview : « J'ai fait le choix de l'écriture. » Ce sera les voir devenir des écrivains respectés, là où toi tu as si facilement baissé les bras.

Un jour, en 2012, tu seras enceinte d'Isée, et pour la première fois depuis 2004 le nom d'Anouck remontera jusqu'à toi. Par hasard, un article du *Monde* sur ton portable. Le mot « Janowsky » à peine frôlé des yeux. Immédiatement, le cœur qui s'ébroue, la respiration qui s'affole, ton doigt qui ferme l'onglet sur l'écran du téléphone. Pas de doute, ça ne peut être qu'elle. Anouck, revenue de toutes ces années, comme un fantôme qui ressurgit. Anouck, dans cette lumière où tu n'es plus.

Pendant des années, tu t'interdiras d'en savoir plus. Tu verrouilleras tes portes. Tu te claquemureras.

Et dans ce bastion, l'incendie se déclenchera.

Au début, tu ne le sentiras même pas. Tu bloqueras derrière un mur imaginaire toutes ses tentatives d'assaut. Tu garderas le sourire, persuadée que tout va bien, que tu es une femme comblée, que tu n'as aucune raison de te plaindre. « Tu as tout pour être heureuse », te dira ta mère. « Tout pour être heureuse », te répéteras-tu. Mais au fond de toi, cela ne suffira plus. Tu la sentiras, cette voix qui te fera regarder ta vie, ton métier, ta maison, et même Romain, et même tes propres filles, comme des *résultats imparfaits*.

Alors tu voudras plus. Dans ta tête, dans ton corps, ça commencera à tourner à vide. Organiser, anticiper, optimiser. Imiter ces nanas sur Instagram aux dressings si bien rangés, aux garde-robes si enviables, aux enfants si éveillés. Pendant tes insomnies, tes pupilles se dilateront devant le fil acidulé de leurs stories, te rappelant à quel point, malgré tous tes efforts pour suivre leurs tutos et faire comme il faut, tu es encore loin du compte.

« Gâchis », te soufflera la voix.

Tu as peut-être raté ta carrière littéraire, mais ce qu'il te reste, aussi humble soit-il, tu ne lui autoriseras plus la moindre médiocrité. Tu traqueras l'échec où qu'il s'immisce. Un week-end sans sorties ni invitations. Un repas raté. « Gâchis. » Un kilo en plus sur ta balance. Un cours qui tombe à plat. « Gâchis, gâchis. » Et puis, cela contaminera les autres. Une remarque de la maîtresse qui se demande si Maxine n'a pas un léger retard de langage. « Gâchis. » Une fausse note d'Isée à son audition de hautbois. « Gâchis. » Romain qui préfère le soir s'abrutir sur une série d'animé japonais plutôt que d'ouvrir un livre. « Gâchis. »

Dans ton ventre, une boule d'acide.

Jour après jour, tu sentiras le mur imaginaire s'effriter face à l'incendie. Au début, ce sera des soubresauts. Des étincelles. Des mots jaillis de ta bouche, pour dire que rien ne va, que ce n'est pas comme ça qu'il faut faire, non mais c'est n'importe quoi cette maison. La moindre anomalie dans l'engrenage de la journée te fera dérailler. Tu hurleras dans ton oreiller. Parfois ce sera trop tard pour attraper l'oreiller, et tes filles te regarderont, pétrifiées.

Et puis un jour, en automne 2021, tu te réveilleras, et d'emblée tu le sentiras : en toi, un amas de cendres.

La veille au soir, il ne se sera pourtant rien produit de particulier. Simplement trois lentes dans les cheveux de Maxine. Rien que ça. Une broutille dans une vie de parents. Et pourtant. Romain en conseil de classe, toi seule à la maison, à te battre avec le shampoing, le peigne à poux et tes filles qui ne tiennent pas en place. Et c'est là, dans la salle de bains en chaos, que le dernier pan de mur cramera sous tes yeux et celui de tes filles.

« Pourquoi t'es comme ça, maman ? Pourquoi ? Arrête, maman, arrête ! »

Ton dernier hurlement, c'est là que tu le pousseras.

Le lendemain, tu seras incapable de te lever. Tu diras à Romain : « J'ai trop froid. Je ne peux pas bouger. » Jamais tu n'auras eu aussi froid que ce matin-là. Je crois que c'est cela qui s'est passé : tout avait brûlé. Il ne restait plus rien.

« C'est un burn-out. »

Les mots tomberont quelques jours plus tard, dans le cabinet de la psy que tu te décideras à consulter.

Alors tu n'auras pas le choix : il faudra te réparer. Aller fouiller tout au fond, plonger tes mains dans les cendres de l'incendie. Partir à la rencontre de celle que tu avais enfouie, celle dont tu avais fini par croire, comme tant d'autres, qu'elle ne méritait pas son succès, qu'elle ne pourrait qu'échouer, parce qu'elle était une « petite dinde ».

Tu la retrouveras dans ce cahier d'ado rempli de photos, de citations et de tickets de cinéma. Dans cette enveloppe où un matin d'août 2000, avant de prendre le train vers Paris, elle avait glissé une lettre qui t'était destinée.

Tu lui répondras. Tous les jours. Des petits bouts. Tous les jours, les mots sortis de toi. Les souvenirs qui s'égrènent et les pages qui s'alignent. Tous les jours, écrire. T'autoriser. Retrouver les phrases qui bruissent. Retrouver le souffle et le cœur qui frappe. Raconter l'histoire ; et te croire à nouveau ; et t'apprendre légitime. Tous les jours, morceau après morceau, reconquérir le territoire.

Et pour toujours, te rappeler : « Cela aussi, ça m'appartient. »

Aujourd'hui

Recherche : Anouck Janowsky – Wikipédia.

Anouck Janowsky, née le 9 novembre 1984 à Metz, est une scénariste et réalisatrice française.

Famille, jeunesse, formation

Petite-fille d'une costumière de théâtre, fille d'un ancien bassiste de rock indépendant, Anouck Janowsky grandit à Metz avec ses deux frères aînés. Son enfance et son adolescence sont marquées par l'alcoolisme de ses parents et les violences conjugales. En 2004, son père assassine sa mère en la noyant dans un évier, événement qui hantera toute sa filmographie.

Après une hypokhâgne à Paris au lycée Louis-le-Grand, qu'elle abandonne après le meurtre de sa mère, Anouck Janowsky travaille quelques mois comme assistante de l'éditrice Éliane Jeanneret. En 2004, elle part à Londres en tant qu'assistante de production sur le tournage des *Poupées russes* de Cédric Klapisch. Mais l'expérience se passe mal. Après une courte hospitalisation pour coma éthylique, elle est congédiée et rentre en France précipitamment.

Elle part vivre à Carnac chez sa grand-mère. Elle devient vendeuse à la Fnac, suit les réunions des Alcooliques Anonymes, écrit un premier roman qui est refusé par les éditeurs. Parallèlement, elle prépare le concours d'entrée à la Fémis.

Elle y est admise dans la section scénario, et en sort diplômée en 2010.

Carrière

Elle utilise son scénario de fin d'études pour réaliser son premier court-métrage, *Fille-Grenade*, sorti en 2012, salué par la critique.

En 2014, son premier long métrage *Origines de la rage*, qui revient sur le passé de son père, est présenté en sélection officielle du Festival de Cannes, dans la catégorie « Un certain regard ».

En 2017, elle écrit et réalise l'adaptation du roman *La Honte* d'Annie Ernaux. Le film est présenté à la Quinzaine des réalisateurs où il reçoit le prix SACD.

Après plusieurs nominations, elle obtient en 2021 le César du meilleur scénario original et le César de la meilleure photographie pour son quatrième film, *Vent debout.*

Parallèlement à sa carrière de réalisatrice, elle est coscénariste pour la série *Sorcières* diffusée sur Arte depuis 2019.

En novembre 2022, elle publie son premier recueil de poésies, *Un royaume.* Elle y concentre les thèmes qui lui sont chers, comme le féminisme, la violence et l'amour de la littérature.

Vie privée

Dans une interview donnée aux *Inrocks* en juillet 2018, Anouck Janowsky évoque ses problèmes d'addiction à l'alcool et aux narcotiques, qui lui ont valu une cure de désintoxication en 2016.

Engagements

Féministe engagée, Anouck Janowsky est connue pour ses prises de position, notamment en participant à la marche contre les violences sexuelles et sexistes qui se tient à Paris le 23 novembre 2019, aux côtés d'Adèle Haenel.

Elle est membre du Collectif 50/50 qui a pour but de promouvoir l'égalité des femmes et des hommes et la diversité dans le cinéma et l'audiovisuel.

Depuis 2020, elle est marraine de l'association « Je te crois » pour sensibiliser l'opinion aux violences faites aux femmes.

27.

Janvier 2023

Il y a un an, très exactement, je t'écrivais. Je me souviens de ce jour-là. Ce jour où je n'ai pas ouvert mon cartable pour corriger des copies. Ce jour où je n'ai pas allumé mon téléphone pour m'abrutir sur Instagram. Ce jour où j'ai dit à mes filles : « Vous pouvez jouer toutes seules. J'ai besoin d'être un peu tranquille. »

J'étais loin de m'imaginer que j'avais autant à te dire. Que ce qui ne devait être qu'une lettre de réponse deviendrait un fichier d'une bonne centaine de pages sommeillant dans mon ordinateur. Je ne pensais pas que j'en serais encore capable un jour. Mais voilà. Presque vingt ans après le *Deuxième Roman*, je l'ai fait : j'ai raconté une nouvelle histoire.

Mais il me reste une dernière chose à faire avant de la clore.

Hier, en sortant du lycée, je suis passée à la librairie. Je n'ai pas eu besoin de demander : le livre était là, sur le premier présentoir, avec sa couverture bariolée et son titre qui m'appelait.

Anouck Janowsky

Un royaume

Poésie

J'aurais pu commencer par voir ses films, qui lui ont valu sa célébrité. Mais c'est par là que je veux la découvrir : à travers ce petit objet mince semblable à ceux qui peuplaient autrefois les murs de sa chambre, ce *livre* qu'elle rêvait d'écrire depuis si longtemps.

Alors ce matin, tandis que les filles sont à l'école et que la maison est silencieuse, je me plonge dans le royaume d'Anouck.

Et c'est comme la rencontrer à nouveau.

Sur les pages, ses mots dansent, frappent et ricochent. Ils pulvérisent le langage. Parfois, au contraire, ils coulent comme une sève, et je les bois. Immédiatement, je suis soufflée par leur grâce, leur onirisme, leur puissance ciselée. Anouck m'emporte avec elle sur son territoire. Elle parle de la mer, de cette Bretagne où cet été pour la première fois les forêts ont brûlé. Elle parle de fantômes, de voix qui la hantent, de rivières où se noient des Ophélie. Dans ces images, je retrouve les empreintes de l'histoire des Janowsky. Je retrouve sa mère, son visage tordu dans l'eau et le sang ; son père, ogre dans lequel rugit un garçon blessé ; Solange, sorcière bienfaisante pansant les blessures.

Et par moments aussi, il y a cette adolescente ingrate et arrogante, à la fois détestable et profondément attachante, qui ressurgit furtivement entre les lignes – et dont je ne sais pas si c'est Anouck elle-même, ou toi, dont il s'agit. Peut-être bien les deux.

Je repose le livre. Entre mes côtes, quelque chose bondit et happe mon souffle. Au début, je n'arrive pas très bien à mettre des mots sur ce que je ressens. Un besoin de chialer, de hurler et de courir en même temps. Et puis finalement je comprends. Ce que je ressens, ce n'est rien d'autre que de la joie. Une joie immense, qui m'étreint, me surprend et me soulève. La même joie que celle que j'éprouve lorsque mes élèves se mettent à lire leurs textes à voix haute, et que je reconnais leur beauté.

Je me dis : « Anouck Janowsky est devenue poétesse. » Anouck est même une grande poétesse – et loin de me retirer quoi que ce soit, cette idée me remplit et me rend plus vivante.

Alors je me laisse envahir. Et c'est à cet endroit-là que je comprends que j'ai grandi, et que, enfin, je peux te laisser derrière moi.

Épilogue

4 juillet 2023

Les résultats du bac sont tombés ce matin. Au milieu des effusions et les éclats de joie devant les tableaux d'affichage, June s'est avancée vers moi : « Avec les gens de l'atelier, on fait un pique-nique ce soir au Plan d'eau pour fêter ça. Vous passerez nous voir, hein ? »

Et me voilà, au crépuscule, traversant les allées pour rejoindre des lycéens, comme si j'avais moi-même encore dix-huit ans.

La fraîcheur espérée toute la journée commence enfin à tomber. Sur la grande étendue d'herbe presque déjà jaunie par les premières vagues de chaleur, des grappes de pique-niqueurs ont étalé leurs couvertures. Des pieds nus sur la pelouse ; des ballons qui ricochent ; des musiques qui pulsent au loin : l'air est à la fête, comme pour oublier que l'été sera encore une fois meurtrier.

Je me souviens de ce jour d'avril 2002 où, après la manif anti-FN, tous les jeunes de la ville étaient venus se réunir ici même pour clore la journée dans la joie et l'ivresse. Moi aussi, j'étais en terminale. J'accueillais l'avenir sans crainte autre que pour moi-même. L'extrême droite au deuxième tour, c'était effrayant, scandaleux, mais ce n'était qu'un accident de parcours. Le monde continuerait de tourner. La seule question qui me tourmentait, c'était si je serais capable un jour d'y trouver ma place.

Vingt et un ans plus tard, l'insouciance est impossible, les certitudes sont tombées. La haine de l'autre est devenue le discours de la norme. La semaine dernière, un policier a abattu à bout portant un jeune du même âge que mes élèves. Sur les réseaux sociaux les braves gens s'indignent des « hordes de sauvages » issues des banlieues ; des cagnottes en soutien au policier atteignent des chiffres astronomiques ; l'État prépare des mesures plus sécuritaires. Et tandis que le fascisme se banalise, la Terre continue de cramer. Cet été, des flammes décimeront de nouvelles forêts ; des tornades coucheront les arbres sur leur passage ; des rivières limoneuses inonderont les terres asséchées. Comment savoir ce que l'on peut devenir dans ce monde-là ? Comment font-ils, mes élèves de dix-huit ans, pour se lancer dans la vie malgré le chaos qui s'annonce ?

Et pourtant, ils sont là, en apparence aussi légers que nous l'étions en avril 2002 : réunis à l'ombre d'un marronnier, je les aperçois, avec leurs gobelets de bière et de sodas, leurs smartphones et leurs rires qui s'envolent.

— Eh ! Vous êtes là ! dit June en venant à ma rencontre.

Sans surprise, elle a été reçue mention très bien. À la rentrée, pourtant, elle n'ira pas à la fac ou en prépa : elle fera son service civique sur un chantier d'écolieu solidaire dans les Cévennes. Ils ont été nombreux cette année, très bons élèves, à renoncer à leurs projets d'études bien comme il faut, pour tenter de trouver un autre sens à leur vie. Au conseil de classe, un collègue d'économie s'en est indigné. « Quelle aberration », a-t-il soufflé devant les vœux d'orientation. J'ai bien eu envie de lui foutre mon poing dans la gueule.

Je m'assois au milieu d'eux. Il faut me rendre à l'évidence : mes dix-huit ans sont loin de moi. Malgré la bière partagée, malgré la sympathie qu'ils me portent, je vois bien que je ne suis pas tout à fait à ma place. Je les regarde parler de leur futur déménagement, de leurs jobs d'été, des vacances qu'ils vont s'organiser entre potes. Le lycée est déjà derrière eux.

Je leur demande ce qu'ils vont faire à la rentrée. Noam finalement s'est décidé pour la psycho. Pour Bertille et Lilou, ce sera fac de droit. Théo étudiera l'histoire de l'art à Nancy. Candice est sur liste d'attente, mais si elle n'obtient rien elle fera jeune fille au pair en Angleterre. J'écoute leurs rêves qui se déroulent, comme si j'étais sur une rive et qu'ils levaient l'ancre devant moi.

— Et vous, madame, qu'est-ce que vous allez devenir sans nous maintenant ?

— Oh moi je sais, elle va écrire son *Troisième Roman* ! Hein, madame ?

Sans rien répondre, je souris.

Je reste encore un peu, une petite heure. On reparle de l'atelier d'écriture, du voyage à Paris qu'on a fait ensemble en mars dernier, de l'angoisse de Parcoursup, des profs qui les ont marqués et de ceux qu'ils oublieront. Pour eux, la fête se prolongera encore jusqu'au matin, sans doute dans une maison semblable à celle des Colleoni, où l'alcool coulera à flots. Mais pour moi, je le sens : il est temps de rentrer.

Je leur dis au revoir, je leur dis bonne chance, je leur dis : « Soyez heureux. » Et surtout : « Changez le monde. Ne lâchez rien. »

June me prend dans ses bras.

— On se voit très vite, vous n'oubliez pas ?

— Bien sûr que non…

Et je repars.

Sur le chemin qui me ramène au parking, je pense aux vacances qui arrivent, à ce voyage que j'ai décidé de faire seule, pour la première fois depuis la naissance des filles.

Je pense à Léa qui vient de prendre un appart à Crest et à qui j'ai promis de rendre visite. Elle a quitté Estéban au printemps dernier ; les enfants seront en garde partagée ; elle va reprendre son travail, cette fois dans une unité pour adolescents souffrant de troubles alimentaires. « Je viens de me rendre compte, m'a-t-elle dit au téléphone, que c'est la première fois de ma vie que je vis seule. Sans homme à aimer. Sans personne à séduire. Et je crois qu'il était temps. »

Je pense à mes parents qui m'attendent ensuite dans le Vaucluse, au pied du Ventoux. Je pense à ma mère qui s'étonnera que je vienne seule, sans mari ni enfants, qui soupçonnera aussitôt une dispute, l'annonce prochaine d'un divorce, et à qui il faudra que j'explique que non, je prends simplement du temps pour moi. Je pense à mon père, qui, je le sais, me parlera du nouveau roman qu'il est en train d'écrire, et me demandera l'air de rien « Et toi ? tu en es où dans tes projets ? » – et cette fois, je n'aurai plus peur de lui répondre.

Et puis je pense à Anouck, avec qui j'échange quasiment tous les jours depuis que June nous a mises en contact l'hiver dernier. Je serai en tournage à Béziers en juillet. June sera là aussi, je l'ai engagée comme assistante avant qu'elle ne parte dans les Cévennes. Tu viendras nous voir ? Et à cette idée, mon cœur trépigne. Dix-neuf ans après, nos retrouvailles. Pendant longtemps, j'ai cru que tout ce laps de temps entre nous avait fait d'elle une étrangère. Une personnalité devenue pour moi inaccessible. Mais ces derniers mois, j'ai vu ses films l'un après l'autre. Dans chacun d'eux, je l'ai retrouvée, comme si elle avait semé des cailloux derrière elle pour me dire : « Rassure-toi, je suis toujours la même. » Un peu cassée par endroits, mais semblable à celle que tu as connue. Alors, non : je n'ai pas d'inquiétude à avoir. Car au fond, elle et moi ne nous sommes peut-être jamais vraiment quittées.

Et quand ce périple sera fini, je retrouverai Romain et les filles dans la maison aux volets bleus. Je pense au temps que l'on passera ensemble. Aux glaces, aux tours à vélo, aux parties endiablées de Uno, aux soirées plateaux-télé. Aux jours aussi où on ne fera rien de spécial, où ce sera un peu ennuyeux ou décevant, où les filles regarderont leurs tablettes et Romain ses animés japonais. L'inquisiteur derrière moi, l'inquisiteur aux visages de Tom, d'Éliane et de tant d'autres, pourrait faire la grimace devant un tableau si médiocre. Les vacances ordinaires d'une petite prof de français, devenue épouse et mère de famille.

S'il était encore là, je lui dirais que oui, il a raison. J'ai fini par avoir une vie à ma hauteur. Mais je le sais désormais, avec certitude : cette vie-là est immense.

J'arrive à la voiture. Je sors du parking. Sur l'autoroute qui longe le Plan d'eau, je guette le groupe de mes élèves. Je crois les apercevoir furtivement, en chemin sur l'allée qui les conduira vers leur dernière nuit de lycéens.

Et soudain, je repense à leur question tout à l'heure, celle à laquelle je n'ai pas répondu. Et après tout ça ? Quand l'été sera fini ? Qu'est-ce que je vais bien pouvoir devenir ?

J'aurais dû leur répondre : « Une femme qui s'écrit. »

Remerciements

Ce roman sur l'amitié féminine n'aurait pu être possible sans quelques femmes prodigieuses qui m'ont portée tout au long de son écriture. Je tiens ici à les remercier.

Merci à Sandrine pour son énergie communicative et son regard affûté. Toutes ces années, nos conversations enflammées sur la littérature et le féminisme m'ont nourrie et forgée.

Merci à Alice Legendre, créatrice des ateliers d'écriture Liber. Car dans cet espace précieux qu'Alice a fait naître, j'ai compris qu'on pouvait écrire, se lire et, sans aigreur ni rivalité, se réjouir des mots des autres parce qu'ils nous rendent plus vivant.e.s. Merci pour son enthousiasme, sa douceur infinie, et cette confiance qu'elle a insufflée à tant d'autres que moi.

Merci à Sonia, mon amie de longtemps, qui m'a prêté pour quelques jours sa petite dépendance pour que je puisse avancer dans mon manuscrit.

Merci aussi à ces autrices qui m'ont accompagnée, de près ou de loin, pendant l'écriture de ce livre : Sophie Adriansen et Sylvie Pérenne, pour leurs encouragements et nos échanges si féconds ; Coline Pierré, dont l'essai *Éloge des fins heureuses* a été pour moi une révélation ; Isabelle Sorente, dont le roman *Le Complexe de la sorcière* m'a permis de mettre un visage sur l'inquisiteur caché au fond de moi ; Lolita Pille, qui a raconté si brillamment dans *Une adolescente* son parcours à la fois parallèle et inverse au mien.

Merci à Sophie de Closets et à Carole Saudejaud pour leur précieuse confiance et leur fidélité toutes ces années. Merci à Violaine Faucon et à Kinga Wyrzykowska de l'agence Trames pour avoir cru en ce manuscrit, pour m'avoir accompagnée et soutenu dans mon travail d'autrice. Merci à Tatiana Seniavine pour sa lecture et ses remarques si pertinentes qui m'ont permis d'aller au bout de l'histoire d'Anouck et de Sophie.

Merci aussi à mes parents pour le soutien sans faille et la sécurité qu'ils m'ont apportés alors que, comme Sophie, je publiais mon premier roman à dix-sept ans.

Merci à Laurent grâce à qui la vie est plus belle et plus facile.

Merci à mes filles, mes soleils.

Imprimé en France par CPI
en février 2024

Cet ouvrage a été mis en pages par

<pixellence>

N° d'édition : 598310-0
Dépôt légal : mars 2024
N°d'impression : 178374